AF199587

Aufgeschriebenes

AUFGESCHRIEBENES

AUS DEM ZETTELKASTEN EINES BEWEGTEN LEBENS

Margarete Domela

Bibliografische Information der
Deutschen Nationalbibliothek:
Die Deutsche Nationalbibliothek verzeichnet diese Publika-
tion in der Deutschen Nationalbibliografie; detaillierte bibliografische Daten sind im Internet über http://dnb.dnb.de
abrufbar.

Herstellung und Verlag: BoD – Books on Demand,
Norderstedt

ISBN: 978-3-7460-2637-4

In Erinnerung an meinen Bruder Hans.

Ich danke meinen Freunden Hella Rudzuck und Wolfgang Kluthe für die technische Gestaltung und die kritische, künstlerische Beratung beim Entstehen des Buches.

Inhalt

Wolik

Wolik Dantschakow.
1937.

Er saß auf der Stoßstange des Autos seiner Großmutter und lachte, dabei war es ein Abschiedsbild. Während er in seinem blauen Mantel dasaß, hörte ich aus dem Haus meiner Eltern das laute Weinen seiner Großmutter; sie wollte nicht verstehen, daß Wolik nach Moskau mußte. Seine

Koffer waren schon im Auto verstaut und die Zeit drängte, um noch rechtzeitig zum Flughafen zu kommen, von wo aus Wolik zu seiner Mutter nach Moskau fliegen sollte. Die Großmutter mußte ihn herausgeben. Die Mutter, die in Moskau lebte, hatte diesen Besuch über das Russische Konsulat erzwungen.

Eigentlich begann alles am Ende der dreißiger Jahre. Unsere Familie lebte damals in Litauen, in Kaunas, der damaligen Hauptstadt. Wir hatten dort ein Haus, mein Vater war Lehrer am Deutschen Gymnasium, und meine Mutter arbeitete im Deutschen Konsulat. Eines Tages rief eine Dame an, die meine Eltern um ein privates Gespräch bat. Sie hieß Frau Professor Dantschakowa. Einige Tage später kam sie zur vereinbarten Zeit. Eine imposante Person; ihre Erscheinung, ihr Auftreten, ihre Figur und ihre Kleidung strahlten großes Selbstbewußtsein aus. Ihr Mantel und ihr Kleid waren wie Umhänge, die ihre üppige Gestalt verhüllten. Ihr graues Haar trug sie zu einem dicken Knoten verschlungen im Genick, und ihre Stimme war rauh und männlich. Meine Eltern konnten sich nicht vorstellen, was diese Dame zu ihnen führte. Bei den Gesprächen im Salon kam sie nach einigen Höflichkeitsfloskeln gleich zur Vorgeschichte ihres Problems.

Sie käme aus Rußland, hatte die Gelegenheit in Frankreich und in den USA zu studieren, später heiratete sie in Moskau einen Arzt und bekam ihre Tochter Irina. Zur Weiterbildung erteilte man ihr eine Ausreisegenehmigung mit der Auflage, daß ihr Mann und ihre Tochter Rußland nicht verlassen dürften. Ihre Tochter wuchs in der Obhut der Schwester ihres Mannes und einer Magd im elterlichen Haus auf. Sie selbst blieb einige Jahre im Ausland und wurde Forscherin der Hormonmedizin. Später hatte ihre Tochter Kontakte zu der Studentenbewegung und bekam 17-jährig ein Kind, der Junge heißt Wladimir. Die politische Situation verschärfte sich, ihr Mann bekam wegen einiger politischer Äußerungen ernsthafte Schwierigkeiten, er wurde einige Male verhaftet. Die Tochter schloß sich dem jungen Studenten, dem Vater ihres Kindes, an. Der Vater verlor seine Tochter aus den Augen.

Noch einmal fuhr Frau Dantschakowa nach Moskau, und bei dem Stand der Dinge nahm sie ihren Enkel und eine Magd zu dessen Betreuung mit. Es war eine abenteuerliche Reise, die ohne Ausreisepapiere erfolgte; gute Freunde hatten dank ihrer Beziehungen geholfen. Mein Vater sprach perfekt Russisch und hörte ihr aufmerksam zu. Frau Dantschakowa wandte sich während ihrer Erzählung ab und zu an meine Mutter, sprach einige Sätze in kehligem Deutsch: "Sie verstehen, Madam, meine Lage?" oder: "Wie hätten Sie gehandelt in meiner Situation?" Durch verschiedene Gastprofessuren vagabundierte sie mit der Magd Olga und dem Kind von England über Frankreich nach Amerika. Dort adoptierte sie nach vielen Schwierigkeiten den kleinen Wladimir, er wurde Wolik genannt, und sie wurde amerikanische Staatsbürgerin, und somit auch Wolik.

Olga sorgte für den ganzen Ablauf des Tages, aber sie sprach nur Russisch mit dem Jungen. Vom vierten Lebensjahr an hatte Wolik einen Hauslehrer, er wurde in allen Fächern unterrichtet und lernte unter anderem auch Deutsch. Trotzdem war er ein einsames Kind. "Sie verstehen sicher, Madam", zog sie wieder meine Mutter in das Gespräch mit ein. "Sie führen wahrlich ein abenteuerliches, interessantes Leben, Madam, aber ich wüßte nicht. . . ." „Ich komme gleich drauf, mein Herr. Ich habe jetzt seit einiger Zeit eine Professur an der Universität in Kaunas und will nun länger hierbleiben. Ich habe in der Vorstadt ein altes Holzhaus gekauft, ich brauche Platz für meine Hühner, mit denen ich hier meine Experimente mache. Olga ist mit allen Pflichten hier überfordert und ich habe nicht so viel Zeit für Wolik, wie er sie bei seinen vielen Interessen brauchen würde. Die ganze Vorgeschichte war notwendig, damit sie meine Bitte verstehen. Ich möchte, daß Wolik hier das Deutsche Gymnasium besucht und ein geregeltes Leben führen kann. Er braucht Kameraden, er war zuviel nur mit Erwachsenen zusammen. Natürlich müßten Sie sich vom Stand seines Wissens überzeugen und sehen, welche Klasse für ihn in Frage käme." Abwehrend hob mein Vater seine Hände und erklärte, daß dieses zu entscheiden die Sache des Direktors der Schule wäre. Er selbst wäre nur einer der Lehrkräfte und solche Prüfungen und Entscheidungen fielen nicht in seine Kompetenz. Die Dame bat aber meinen Vater trotzdem, sich erst von Wolik ein Bild zu machen, damit sie wüßte, was in etwa bei einem Gespräch mit dem Direktor auf sie zukäme.

Unser Hausmädchen brachte den Samowar herein und es wurde der Tschai, der Tee, serviert. Sie tranken schweigend eine Weile und genossen das heiße Getränk. Mit einem höflichen Lob des wunderbaren Aromas : "Ich schätze den Ceylon sehr," begann wieder das Gespräch. „Sie haben ein schönes Haus, und es liegt so günstig nah an der Schule...." Das waren diplomatische Aufmerksamkeiten, mit denen sie sich dann verabschiedete.

Es wurde nichts vereinbart, alles blieb offen, bis einige Tage später ein Bote ein Kärtchen bei uns abgab: Professor Dantschakowa bittet am nächsten Dienstag mit ihrem Enkel zu einem Gespräch empfangen zu werden.

Und dann kamen sie. Die Großmutter schob den sich zurückhaltenden Jungen in den Salon, ich hörte recht bald eine eifrige Unterhaltung. Ich hatte Wolik im Flur nur flüchtig gesehen, ich mochte ihn vom ersten Augenblick an.

Meine Eltern hatten beim Abendbrotessen meinem Bruder und mir vom letzten Besuch erzählt, auch von den Plänen, die die Großmutter mit ihrem Enkel vorhatte. Später schilderten sie uns den Ablauf des Nachmittags, und mein Vater war von Wolik sehr angetan. Er war ein wohlerzogener Junge, der alle an ihn gestellten Fragen höflich und mit Witz unbefangen beantwortet hatte. Mein Vater sagte hinterher, daß Wolik genau wußte, welchen Eindruck er bei meinen Eltern hinterließ. Er war damals zwölf Jahre alt, zwei Jahre älter als ich.

Das nach Tagen stattgefundene Gespräch der Großmutter mit Direktor Strauch war positiv verlaufen. Allerdings hatte der Direktor mit dem Lehrerkollegium diesen Fall diskutiert, denn es kamen auf die Lehrer mit dem „Problemkind" zusätzliche Aufgaben zu. Wolik kannte zwar das Lernen, aber nicht den Schulbetrieb. Der Stand seines Wissens lag in manchen Fächern weit über dem Stand seiner Klasse mit Gleichaltrigen. Die deutsche Sprache wies natürlich Lücken auf; die litauische Sprache, die an der Schule obligatorisch war, beherrschte er überhaupt nicht und wäre natürlich auf zusätzlichen Nachhilfeunterricht angewiesen. Es galt also große Lücken zu füllen, um nicht den Klassenbetrieb aufzuhalten. Auch hatte der Direktor die Unterbringung in einer deutschen Familie empfohlen, schon allein der nachmittäglichen Hausaufgaben wegen. So kam es zu weiteren Gesprächen mit meinen Eltern, und auf Bitten von Frau Dantschakowa ließen sie sich überreden und willigten ein, Wolik bei uns aufzunehmen. Die Großmutter hatte diese Möglichkeit bereits bei ihrem ersten Besuch im Auge gehabt, wie sie später auch zugab.

So zog Wladimir Alexander bei uns nach einigen Tagen ein, sehr zu meiner Freude, bekam ich doch einen Spielkameraden; mein Bruder war älter und hatte andere Interessen. In unserer Wohnung wurde einiges verändert. Mein Bruder bekam nun das größere Zimmer, das er sich mit Wolik teilte. Die Hausaufgaben machten wir gemeinsam in meinem Zimmer, und der Nachhilfeunterricht fand im Eßzimmer statt. Da meine Eltern berufstätig waren, war Anna, genannt Anusija, schon seit vielen Jahren der gute Geist des Hauses. Sie verstand sich sofort mit Wolik und so hatten wir bald das Gefühl, daß Wolik schon lange bei uns lebte. Seine Großmutter rief ab und zu bei uns an und erkundigte sich nach seinen Fortschritten. Sie machte keinen Hehl daraus, wie froh sie war, ihn bei uns gut aufgehoben zu wissen. In der Schule blieb er recht isoliert, sodaß er in jeder Pause vor meinem Klassenzimmer stand und auf mich wartete. Er besuchte eine höhere Klasse und konnte sich für die Rangeleien der Jungen in der Pause nicht begeistern. Er war das Leben in einer Gruppe nicht gewöhnt, und in der Klasse beim Unterricht langweilte er sich bei vielen Fächern, weil seine Kenntnisse umfangreicher, durch den empfangenen Privatunterricht in den Jahren davor, waren. Wenn er sich meldete, war er enttäuscht, wenn er nicht antworten durfte. Wenn er aber Gelegenheit bekam zu antworten, wurde in der Klasse gelacht; er sprach mit stark russischem Akzent.

An den Nachmittagen, die wir frei hatten, stromerten wir durch die Stadt. Oft besuchten wir auch Olga, die jetzt sehr unter dem Alleinsein litt. Besonderer Anziehungspunkt waren für uns jedoch die vielen Hühner, d.h. ihre gelegten Eier. In der Küche durften wir dann Eigelb mit Zucker verrühren und dann das schaumig geschlagene Eiweiß darunterrühren. Wir nannten es „Goggel-Moggel" und aßen es beide sehr gern. Im Winter gingen wir auf eine der vielen Schlittschuhbahnen, der bei uns im Winter herrschende starke Frost ermöglichte es. Unter freiem Himmel, unter bunten Lichterketten und lauter Musik vergnügten sich Groß und Klein oft bis in den späten Abend. Beim Abendbrot war die ganze Familie zusammen, und jeder konnte seine Erlebnisse des Tages allen erzählen. Und meine Eltern freuten sich, daß wir so gut miteinander zurechtkamen.

An manchen Sonntagen besuchten wir seine Großmutter, die selten nach Hause kam, ging sie doch ganz in ihrer Arbeit an der Universität auf. Eigentlich kam sie nur zum Schlafen spät in der Nacht nach Hause. Sie genoß dann das seltene Familienleben. Nach dem üblichen Tee, neben dem summenden Samowar, spielten Wolik und ich an einem kleinen Tisch am Fenster Schach - er hatte es als kleiner Junge schon beigebracht bekommen, nun war ich seine Schülerin, hatte aber selten Gelegenheit ihn zu schlagen. Mit reichlich Taschengeld versehen zogen wir dann wieder ab.

Viele Abenteuer erlebten wir - nicht immer zur Freude meiner Eltern. Zusammen waren wir mutiger und unternahmen recht riskante Dinge. So manchen Nachmittag hatten wir daraufhin Stubenarrest, mit dem verschiedene Pflichten verbunden waren. Gar kein Interesse hatte Wolik an den Nachhilfestunden, um die litauische Sprache zu erlernen. Sie war an unserer Schule Pflichtfach. Seine Pläne waren, später in Amerika oder Deutschland Maschinenbau zu studieren, Litauisch könnte er dabei sowieso nicht gebrauchen. So vergingen Monate. Wir hatten alle das Gefühl, er wäre schon immer bei uns gewesen. Leider gingen in dieser Zeit meine Leistungen in der Schule merklich zurück, und meine Eltern machten sich Sorgen.

Eines abends kam Frau D. ganz aufgelöst und verweint ohne Voranmeldung zu uns. Sie schrie immer wieder außer sich, nie würde sie Wolik wieder hergeben, sie hätte ihn ja adoptiert, er gehöre für immer zu ihr. Nachdem sie sich einigermaßen beruhigt hatte, konnte sie langsam erzählen, was vorgefallen war. Sie hatte ein amtliches Schreiben vom Russischen Konsulat in Kaunas bekommen. Darin wird berichtet, ihre Tochter Irina hätte in Moskau beim zuständigen Gericht beantragt, ihren Sohn Wladimir für einen vierwöchigen Besuchsurlaub nach Rußland einreisen zu lassen. Erstaunt war Frau D., woher ihre Tochter ihre jetzige Adresse kannte. Mit ihrem Mann stand sie über eine Adresse in der Schweiz in gelegentlicher Verbindung. So harmlos diese „Einladung" auch klang, es erschien logisch, daß eine Mutter ihren Sohn nach so langer Zeit einmal sehen wollte, auch wenn sie nach seiner Geburt wenig Interesse an ihm gezeigt hatte.

Die halbe Nacht wurde nun bei uns beratschlagt, was zu tun sei. Frau D. beschloß, am nächsten Tag das Russische Konsulat aufzusuchen, um Näheres zu erfahren, hatte doch Wolik einen amerikanischen Paß; da gibt es notwendige Visa und viel Bürokratie in solchen Fällen. Sie erfuhr, daß das Konsulat über die damalige Adoption in Amerika informiert war und daß eine solche, ohne Zustimmung der Mutter, gar nicht rechtens sei. Dies sei international so geregelt und sie solle sich überlegen, ob sie weiter ihre Zustimmung für

Woliks Reise verweigere. Es gäbe ja verschiedene Möglichkeiten, auf die Lage der Dinge Einfluß zu nehmen, schließlich lebte ihr Mann ja in Moskau und er hätte schon einige Male mit den Sicherheitsbehörden zu tun gehabt.

Mein Vater hatte schon so etwas befürchtet, aber mehr als Frau D. trösten konnte er leider nicht. Sie telefonierte noch einige Male mit dem Botschafter, dessen Antworten wurden immer unfreundlicher, und so kam der Tag der Abreise, die Billetts für den den Flug lagen bereit. Da erschien vor unserem Haus ein schwarzes großes Auto. Ein dunkel gekleideter Mann stieg aus und sagte, er sei im Auftrag der Russischen Botschaft hier, um Wladimir Dantschakoff zum Flugplatz zu bringen, er bitte um Beeilung, das Flugzeug würde nicht warten. Ohne auf Frau D.s Fragen einzugehen, drängte er Wolik in das Auto. Ungehalten wurde er, als Frau D. ihren Kofferraum öffnete und auf Woliks Gepäck zeigte. Widerwillig verstaute der Mann die zwei Koffer in seinem Kofferraum, und Frau D. konnte sich noch schnell in das Auto zu Wolik setzen. Mit Vollgas verschwand der Wagen. Später erzählte uns Frau D., sie wäre während der Fahrt zum Flughafen vor Angst kaum zur Besinnung gekommen, hilflos sei sie sich vorgekommen. In der Flughafenhalle wurde sie an der Sperre aufgehalten, sie konnte sich nicht einmal von ihrem Enkel verabschieden.

Der Mann nickte dem Kontrolleur nur zu, und Wolik und er passierten die Sperre und gingen zu Fuß zu dem bereitstehenden Passagierflugzeug. Frau D. konnte noch sehen, wie der Mann Wolik der Stewardeß übergab. An der Sperre begannen die Leute, die ihre Bekannten zum Abflug nach Moskau begleitet hatten, zu winken, und das Flugzeug rollte langsam auf seine Rollbahn. Jetzt erst wurde Frau D. bewußt daß sie ja noch die Flugticketts in der Hand hatte und daß die Koffer von Wolik im Kofferraum des Autos der Russischen Botschaft geblieben waren. Ihr wurde schwindlig. Sie schien im Moment zu begreifen, daß diese Reise wohl anders geplant war, als von ihrer Tochter angegeben. Sie verlor das Bewußtsein. Als sie in einem Nebenraum des Flughafens wieder zu sich kam, war von dem Mann und seinem Auto nichts mehr zu sehen. Mit einem Taxi fuhr sie zurück zu uns und schilderte meinen Eltern was geschehen war.

Das alles war besorgniserregend, aber es blieb nichts anderes übrig als abzuwarten. Ich heulte den ganzen Tag. Abends im Bett war das Kopfkissen naß von meinen Tränen, und erst als Anusija, unser seit Jahren treusorgendes Hausmädchen in mein Zimmer kam und sagte, daß Fips, unser lieber Familienhund, zu mir ins Zimmer wollte, da hatte ich wieder einen Freund und umarmte seien dicken Kopf und erzählte ihm meinen Kummer, und er verstand mich. Meine Nachmittage verlebte ich nun allein, schloß mich auch wieder mehr an meine Klassenkameradinnen an und wurde mit Nachdruck angehalten, mich wieder auf meine Schulaufgaben zu konzentrieren.

Nachdem vier Wochen verstrichen waren, tauchte Frau D. wieder auf, die nun jede Nacht bei uns telefonierte und versuchte, ein Gespräch mit der Telefonnummer ihrer Tochter in Moskau über das Postamt vermittelt zu bekommen. Damals ging so etwas nur mit Hilfe vom "Fräulein vom Amt." Frau D. schien fest damit zu rechnen, daß ihre Tochter Wolik wieder zurückschickt, es war ja bei ihrem Antrag von einem 4-wöchigen Besuch bei der Mutter die Rede. Ich hörte dann immer wieder Frau D. ins Telefon schreien: "Versuchen Sie doch bitte noch einmal, das Gespräch mit Moskau zu vermitteln!" Immer bekam sie vom Fräulein vom Amt die Antwort, daß die Moskauer Nummer das Gespräch ablehnt. Abende lang versuchte sie hartnäckig immer wieder mit ihrer Tochter zu sprechen. Nach einigen Wochen schrieb ihr das Russische Konsulat, die Familie Donjonev verbittet sich weitere telefonische Belästigungen. Für Frau D. brach eine Welt zusammen.

Frau D. mußte nach einigen Wochen nach Amerika zu einem wissenschaftlichen Vortrag, auch wollte sie bei dieser Gelegenheit bei Gericht die Fragen der Adoption klären. Olga blieb in Kaunas. Sie suchte Kontakt zu meinem Vater, sie bitte um seinen Rat in einer persönlichen Angelegenheit. Frau D. hatte Olga immer geraten, wenn sie allein wäre und Hilfe brauchen würde, sich in jedem Fall an meinen Vater zu wenden.

Sie erzählte nun ihre Version von dem Zusammenkommen mit Frau D. Sie kannte Frau Professor Dantschakowa noch von der Universität in Moskau, wo sie gerade ein Semester Medizin studiert hatte. Als sie in Moskau ein Zimmer suchte, bot Frau D. Olga an, in das leerstehende Zimmer ihrer Tochter Irina zu ziehen. Sie bewohnten eine große alte Villa, in der auch Herr Doktor Dantschakoff seine Praxis hatte. Frau D. ging zur Weiterbildung nach Europa, und kurze Zeit später tauchte Irina mit ihrem keinen Wladimir auf, ließ das Kind bei ihrem Vater und verschwand wieder. Die alte Wirtschafterin des Haushalts betreute den Säugling so gut es ging, natürlich beteiligte sich Olga an der Versorgung des Kindes, sooft sie Zeit neben ihrem Studium dazu hatte. Sie fühlte sich für seine Betreuung schon aus Dankbarkeit verpflichtet. Eines Tages erschien Frau D. unerwartet in Moskau, sie war illegal eingereist und alles mußte sehr schnell gehen, denn sie hatte einen festen Termin, an welchem sie wieder ohne Papiere zurück über die Grenze mußte. Olga wurde als Hüterin des Kindes mitgenommen mit Aussicht, im Ausland eine Chance zum weiteren Studium zu bekommen oder vielleicht Assistentin von Frau D. zu werden. Natürlich nahm sie in dem Trubel der Eile die Gelegenheit wahr, ins Ausland zu kommen. Die von Freunden organisierte illegale Grenzüberwindung wurde durch das beginnenden Geschrei des kleinen Kindes fast verhindert. Erst eine Beruhigungsspritze ließ das Kind einschlafen. In letzter Minute vor der Ablösung der eingeweihten, bestochenen Wachen passierten sie die gefährliche Grenze. Nun kamen tagelange Aufenthalte in Hotels und Frau D. versuchte telefonisch bei verschiedenen Universitäten, die ihr vorher bei Vorträgen Angebote gemacht hatten, einen in Aussicht gestellten Vertrag zu bekommen. Schließlich ging es erst nach London. Auch dies war nur ein Zwischenaufenthalt, Amerika schien Frau D. Interessanter.

„Die weite Reise aus Rußland mit dem Kind hatte Ihnen Frau D. bei ihrem Besuch bei Ihnen geschildert", meinte Olga. „Ich war also die ‚Magd' geworden, die sich um das Kind und um alles in den verschiedenen Haushalten kümmern mußte. Wolik wurde mein Kind, ich hänge mit aller Liebe an ihm und bin verzweifelt über seine Abreise. Frau D. leidet sehr und findet in ihrer Arbeit Ablenkung und zeitweise auch Vergessen. Über Möglichkeiten für mein Leben, an die Angebote damals vor unserer Flucht aus Moskau erinnert, davon will sie nichts hören. Mir würde es doch gutgehen, ich hätte keine finanziellen Sorgen und ich solle nicht undankbar sein... Herr Domela, ich frage Sie, dem Frau D. so sehr vertraute. Was kann ich hier oder in einem anderen Land als

Emigrantin allein erwarten? Ich bin doch kein junges Mädchen mehr. Bringe ich Sie in Verlegenheit, wenn ich Sie frage, wie ich mich gegenüber Frau D. verhalten soll?" Das waren Fragen, die schwer zu beantworten waren; mein Vater riet ihr, sobald Frau D. zurück sei, mit Nachdruck dieses Thema anzugehen. Trotz Dankbarkeit müßte sie sich doch Gedanken um ihre Zukunft machen, zumal mit Woliks Rückkehr nicht zu rechnen war.

Der Zufall kam Olga zu Hilfe. Frau D. kam mit neuen Plänen für ihr Leben von ihrer Amerikareise zurück. Sie erzählte von neuen Forschungsvorhaben einer Universität in den Staaten, und sie hatte von einem Kollegen ein Angebot, dabei mitzumachen. Ein Problem ergäbe sich aber: sie könne Olga nicht mitnehmen. So überschrieb sie das Haus mit dem Grundstück notariell an Olga. Alles, was im Hause zu verkaufen wäre, solle sie zu Geld machen, und Frau D. würde ihr monatlich eine Summe überweisen, bis sie eine Arbeit gefunden hätte.

Frau D. kam noch einmal zu uns zum Tee, um sich zu verabschieden. Sie hätte über die amerikanischen Behörden nichts über Woliks Schicksal erfahren können, und von ihrem Mann hätte sie auch fast ein Jahr keine Nachricht mehr.

So hatte sich auch für Olga das Problem gelöst. Sie wirkte wie befreit und war voller Unternehmungseifer, nun endlich etwas selbst in die Hand nehmen zu können. Von ihr erfuhren wir, daß sie auf Umwegen Neues aus Moskau erfahren hatte. Irina hatte ihren früheren Freund und Vater von Wolik geheiratet, und sie hatte inzwischen ein weiteres Kind bekommen. Der Mann hätte einen hohen Posten bei der Geheimpolizei. Doktor Dantschakoff war enteignet worden. Schon vorher durfte er nicht mehr privat praktizieren und hatte zuletzt nur noch Sozialschwache kostenlos behandeln dürfen. Seit einigen Jahren hätte er an Krebs gelitten und sich nicht behandeln lassen wollen. Er ist einsam gestorben.

17.8 2017 - Nachzutragen wäre einiges. Sein von der Großmutter engagierter Lehrer in Amerika war ein junger Schweizer Ingenieur; bei ihm lernte Wolik auch perfekt Deutsch. Außerdem sprach er fließend Englisch und Französisch, natürlich auch Russisch. Der Einzelunterricht verhalf ihm zu Spontaneität, es wurde jedes anfallende Thema vertieft. So konnte er sich sehr vieles aneignen, aber alles dies störte im geregelten Schulbetrieb. Es gab immer wieder Beschwerden, auch von den Lehrkräften. Als dann seine „Entführung" nach Moskau erfolgt war, erübrigte sich die Intensivierung dieses Themas.

Sein Unterricht und die Themen ergaben sich während man z.B über Ägypten sprach, vom Vorhandensein des Suezkanals. Die Nachfrage von Wolik nach technischen Einzelheiten ergab, nachdem sich der Lehrer informiert hatte, weitere Unterrichtsstunden, weitere Kanäle in der Welt usw. So hatte er ein sehr spezielles Wissen und konnte natürlich in der Schule nicht unterrichtet werden. Er blieb ein Problem.

Er sollte Litauisch zu Hause lernen, weigerte sich aber. Als er dann Stubenarrest von meinem Vater verordnet bekam, baute er aus einigen modernen Holz- und Metallbaukästen meines Bruders eine von allen bewunderte Konstruktion, die mit einer Kurbel zu betreiben war. Fehlende Teile schnitzte er sich aus Holz in unserer Werkstatt neben der Garage. Diese Maschine brachte sogar einige vom Lehrerkollegium dazu, sie bei uns zu Hause zu bestaunen.

Vera Mikhaïlovna Dantschakowa (geb. 1879, letzte Veröffentlichung 1950) war eine russische Anatomin, Zellbiologin und Embryologin. Im Jahr 1908 wurde sie als erste Frau in Russland zur Professorin ernannt und wurde zu einer Pionierin der Stammzellforschung. Sie emigrierte 1915 in die Vereinigten Staaten, wo sie eine führende Vertreterin der Idee war, dass alle Arten von Blutkörperchen aus einem einzigen Zelltyp entstehen. Manchmal wird sie auch als "Mutter der Stammzellen" bezeichnet. Später kehrte sie nach Europa zurück, um ihre Forschungen fortzusetzen.

Vera Mikhaïlovna Dantschakowa

Bild links: Vera Dantschakowa - Anfang des zwanzigsten Jahrhunderts
Bild rechts: Vera Dantschakowa, Professorin an der Moskauer Universität, 1908. Die erste Universitätslehrerin in Russland. Diese stolze Auszeichnung hat Dr. Vera Dantschakoff erhalten, die nach einem harten Kampf offiziell als Professorin an der Moskauer Universität anerkannt wurde. Sie hielt Vorträge auf dem letzten Kongress der Anatomischen Gesellschaft in Berlin. (Bild von Bolak)
Quelle en-wikipedia-org

Familie Kemezies

Meine Erinnerungen kommen spontan, meist ausgelöst von Filmen oder Berichten aus dem Krieg. So wollte ich auch neulich, nach einem umfangreichen Bericht über die Eisenbahnlinie durch Sibirien, von einer Familie Kemezies erzählen. Sie hatten in unserem Haus in Kaunas im Souterrain einen „Tante-Emma-Laden". Der Vater hatte als Russe zur Zarenzeit eine Anstellung bei der russischen Eisenbahn und war verantwortlich für die ihm zugeteilte Strecke durch endlose Weiten tief in Rußland. Immer wieder mußte die Strecke mit Hilfsarbeitern gewartet werden.

Er war mit einer in Rußland geborenen Deutschen verheiratet, führte ein normales Leben so wie viele andere. Dann kam ein Tag, noch vor dem ersten Weltkrieg, der Zar reiste quer durch sein Reich mit seinem Salonwagen und Gefolge. Die Verantwortlichen hafteten mit ihrem Leben, wenn Anschläge diese Fahrten störten. Zur Vermeidung von geplanten politischen Überfällen fuhren mit einigen Abständen gleich aussehende Züge auf dieser Strecke. Geahndet wurden alle Anschläge - gleich, ob es der Zug mit oder ohne Zar war. Revolutionäre hatten in einem seiner Waldabschnitte die Schienen beschädigt und einer der Züge, ohne die erlauchte Fracht, entgleiste.

Der betreffende Bahnaufseher wurde mit seiner Familie weit nach Sibirien verbannt. Sie hatten gerade die kleine Irina bekommen. Ausgestattet wurden sie mit der damals üblichen Axt und anderem zum Überleben.
Der Vater starb in Sibirien, die Frau durfte mit der inzwischen etwa 20 Jahre alten Irina und dem 12 Jahre alten, in Sibirien geborenen Oskar zu einer deutschstämmigen Verwandten

nach Kaunas ausreisen. Mein Vater vermietete ihnen, mit Vermittlung der deutschen Gemeinde in Litauen, in unserem kurz vorher fertiggestellten Haus das im Souterrain liegende Ladenlokal mit beiliegender Wohnung, und Irina und die Mutter betrieben recht erfolgreich das Geschäft.

Irina erzählte mir oft von dem schweren Anfang in Sibirien. Während ihres Lebens dort gab es viele Veränderungen in Sibirien. Bodenschätze erwiesen sich als Goldgrube und es begann der Abbau dieser; dazu mußten Menschen in das Gebiet, es wurden Häuser und Städte errichtet, Irina besuchte eine Schule und hatte, wie viele russische Schulen, Deutsch als Pflichtfach.

Die Miete wurde vereinbart und monatlich mit der Summe unserer Einkäufe im Laden aufgerechnet. Im Laden, in der Kassenschublade, lag unser Einkaufsbuch. Unser Hausmädchen ließ alles aufschreiben; ich konnte dies natürlich auch tun, wenn ich Bonbons oder Wiener Würstchen zusammen mit Freundinnen zum Grillen brauchte. Natürlich stark beneidet, spielten wir dann im Garten mit einem kleinen Feuer, die Würstchen aufgespießt auf Stricknadeln, indianische Lagerfeuerromantik.

Für den Haushalt wurde aber immer weiter Frisches auf dem Markt eingekauft, und es kam mehrmals wöchentlich ein Bauer mit Pferdewagen an die rückwärtige Küchentür mit Eiern, saurem Rahm, frischer Milch, Butter oder auch bestelltem geschlachtetem Federvieh. In Kemezies Laden gab es ja noch nicht die modernen Kühlschränke, so blieb ihr Sortiment, bis auf Geräuchertes, überschaubar. Ihr Angebot lag bei Brot, Mehl, Zucker Schuhcreme, Schnürsenkel, Seife, Waschpulver, Salzheringe, Petroleum. Es wurden damals die schwedischen Kocher benutzt, wenn man nicht den Küchenherd anfeuern wollte; auch Spirituskocher waren für einen schnellen Imbiß beliebt.

Am Monatsende addierte mein Vater die Einkaufssumme. Bald war ich diejenige, die begeistert auf dem in Rußland stark verbreiteten Stschoty oder Abakus alles addierte. Ich hatte auch bei größeren Additionen eine große Fertigkeit entwickelt. Heute noch hängt ein Abakus neben meinem Schreibtisch.

Oskar war nicht so helle wie seine Schwester Irina, er trug nach Schulschluß die Waren aus.

Im Winter waren die Straßen einige Monate nur mit Pferde-schlitten befahrbar, an den Deichseln hingen Glöckchen und wenn man rodelte, waren sie schon vom Weitem zu hören bei unserem Geschrei bei der Rodelei. Die einzelnen Gruppen machten an den bergab führenden Straßen Wettstreite und wenn man dann mit Tempo eine querlaufende Straße überqueren mußte, waren die Glöckchen schon ein Warnsignal. Oft bot sich Oskar auch an, mich auf dem Schlitten zu ziehen, wenn es dann nach Hause ging.

Also im Sommer wie im Winter die gleiche Devise: besser schlecht gefahren als gut gelaufen.

Der 3. Mann zum Skatspielen fällt aus

Kaunas 1934/35

In regelmäßigen Abständen besuchten verschiedene Herren meinen Vater zu ihrem beliebten Skatabend. An dem runden Tisch im Salon wurde dann mit Temperament gereizt und gestochen. Gerne denke ich an Onkel Forner zurück, er wurde von uns Kindern nur so genannt, war kein Verwandter aber ein interessanter Mann. Er gehörte einst zum diplomatischen Korps, hatte in einigen deutschen Botschaften in östlichen Ländern gearbeitet, war nun schon länger pensioniert, hatte viele Bekannte aus früherer Zeit, mit denen er in regem Briefwechsel stand. Als nun wieder ein Skatabend anstand, in der Küche wurden Smörrebröde für den Imbiß vorbereitet, klopfte Onkel Forner an die Tür vom Kinderzimmer und fragte mich, ob ich am Sammeln von Briefmarken Interesse hätte, er bekäme von seinen Freunden so viele Briefe aus der ganzen Welt, zum großen Teil mit Sondermarken frankiert, er könne in jedem Fall für laufend Nachschub sorgen. Begeistert beschloß ich damit anzufangen, sah mich schon in großen Alben blättern und hatte überhaupt keine Ahnung von der Vielfalt der Möglichkeiten. Ein Briefmarkenalbum stand natürlich sofort auf meiner Wunschliste. Solange der erste Elan anhielt, war ich nach Skatabenden mit dem Ablösen der Briefmarken von den mitgebrachten Briefumschlägen beschäftigt.

Zu den Skatabenden wechselten oft die Mitspieler. Es waren Herren, die in Litauen Auslandsvertretungen deutscher oder amerikanischer Firmen führten, ihre Kinder besuchten das deutsche Gymnasium. Auch Angehörige der schwedischen oder dänischen Botschaften waren mit ihren Damen oft bei uns zu Gast. Zu der Zeit war es nicht üblich, sich in Restaurants zu treffen; die Ausländer blieben unter sich, und alles spielte sich im privaten Kreis ab. Meine Mutter hatte eine Gruppe von Damen in ihrem Zirkel, die sich mit Gedichten und neu erschienenen Büchern befaßten, Gedichte rezitierten und gelegentlich auch zu Konzerten gingen, wenn ein international bekannter Dirigent oder Sänger in Kaunas gastierte. Gerne traf man sich auch zum Bridgespielen bei verschiedenen Gastgeberinnen. Man wußte sich zu helfen, wenn man einen gewissen geistigen Anspruch hatte. Besuche von Haus zu Haus wurden groß geschrieben.

Es war die Zeit, als Adolf Hitler in Deutschland die Führung übernahm und in Deutschland sich Verschiedenes zu verändern begann. Im Ausland wurde natürlich alles verfolgt, hatte aber auf das Leben im allgemeinen noch keinen spürbaren Einfluß. Im Radio wurden die übertragenen Reden Hitlers natürlich aufmerksam registriert und Ahnungen von Veränderungen wurden geäußert.

Es stand ein Skatabend bevor, Onkel Forner kam nicht. Einen Monat würde er sich in Berlin aufhalten müssen, aus politischen Gründen. Ich war damals acht oder neun Jahre alt, hatte natürlich keine Übersicht über die politischen Entwicklungen. Später erfuhr ich, daß Onkel Forner noch aus seiner Zeit als Beamter Verpflichtungen hatte, bei besonderen Anlässen dem Staat zur Verfügung zu stehen. Es stand eine Rede von Adolf Hitler zu internationalen Themen bevor, damals war es technisch nicht möglich wie heute, eine Rede zeitgleich, also simultan zu übersetzen; so wurde Onkel Forner als Experte für Russisch mit vielen anderen politisch verläßlichen Dolmetschern außerhalb Berlins in einem Gebäude interniert. Sie bekamen nun den Entwurf der Rede zum Übersetzen in die jeweiligen Sprachen und so konnten dann, parallel zu Hitlers Rede, die ausländischen Sender die Rede übertragen. Selbst wenn der Redner sich nicht wörtlich an das Manuskript hielt, der Inhalt blieb die Hauptsache. Onkel Forner hatte sich in Berlin erkältet und kam krank zurück, mein „Briefmarkenlieferant" kam auch nicht mehr zum Skatspielen. Gerüchte besagten, daß ein wenig zu der Erkältung nachgeholfen wurde: politische Gerüchte waren an der Tagesordnung.

Mein Interesse an Briefmarken wurde von anderen neuen freizeitfüllenden Tätigkeiten abgelöst. Eines hat mir das Sammeln der Briefmarken aber gezeigt, wie vielseitig die Möglichkeit ist, vieles aus der Welt spielerisch zu lernen. So wurde bald nach Pinzette mit flacher Klemme zum Anheben der Briefmarken auch Lupe und ein Katalog notwendig, um überhaupt einen Überblick über ein geordnetes Sammeln zu behalten. Sammeln bedeutete anfangs, eine Menge Briefmarken anzuhäufen. So unterschied man lt. Anweisung Serien, Themen, z.B. Sportbilder und dann wieder einzelne Sportarten oder Alpenblumen. Es gab auch Sondermarken, wie z.B. die der zur Eröffnung des Gotthardtunnels mit der Eisenbahn, eine mit viel Reklame ausgegebene Sonderbriefmarke, die sich aber bald als Fehldruck erwies, denn die Züge waren auf der falschen Seite fahrend abgebildet: die rechte Seite war korrekterweise für die herausfahrenden Züge gedacht, die Briefmarke zeigte jeweils die Züge auf der falschen Seite fahrend. So eine Briefmarke war sofort nach Aufdeckung des Fehlers um das Hundertfache an Wert unter den Sammlern gestiegen. An solchen Überraschungen konnte ich mich als kleine Sammlerin nicht beteiligen. Zumindest kannte ich nach der ersten Sammlereuphorie die wichtigsten Gebäude aller Hauptstädte und die Währungen.

Ich sammelte bis ins hohe Alter, was mir in die Finger kam, ohne eigentliches System. Als ich meinen vorletzten Haushalt in den Ausläufern der Pyrenäen auflöste und so vieles weggeben mußte, woran mein Herz hing, begann ich jemanden zu suchen, dem ich die gesammelten Briefmarken, wenigstens zur Freude, einem einsamen Sammler schenken konnte - kein Mensch wollte sich finden. Die Zeiten hatten sich zu anderen Interessen gewandelt. Fernsehen, Computer und unzählige Unterarten der Beschäftigung in der Freizeit hatten das Briefmarkensammeln zu einer belächelten Spinnerei werden lassen.

Was so hoffnungsvoll von Onkel Forner angestoßen war, wurde nach vielen -zig Jahren als Marotte angesehen. Die Zeit überrollt alles, alles, alles. . .

Gefillte Fisch

Erinnerungen mit Lücken

1937

Nach Eröffnung eines neuen Supermarktes fiel mir beim Betrachten des unbekannten Sortiments ein Glas auf mit dem Etikett „Gefillte Fisch" ins Auge. In der Erinnerung tauchte eine Mittagstafel auf, viele Kinder vor Tellern in Erwartung der Mutter, mit dem von allen geliebten Gericht, der "Gefillte Fisch". Es war eine meiner Freundinnen aus meiner Klasse, die mich auf Anweisung ihrer Mutter gebeten hatte, mit ihnen zu essen. Ich war wegen einiger Hausaufgaben zufällig bei ihnen.

Ich wohnte damals in Kaunas, der Hauptstadt von Litauen, war auch dort geboren und hatte Schwierigkeiten bei den Schulaufgaben mit der litauischen Sprache, die pflichtgemäß an dem Deutschen Gymnasium unterrichtet wurde. Senta hatte eine große Familie, sie hatten in einem Vorort von Kaunas ein Holzhaus mit Garten. Es waren sechs oder sieben Kinder, immer wurde in einem der Zimmer musiziert.

Der Vater gab privaten Unterricht für verschiedene Instrumente. Er selbst war lange Jahre Waldhornbläser im Orchester des litauischen Theaters. Sein ältester Sohn hatte sich auch für dieses Instrument entschieden, der Nachwuchs brauchte lange, um dieses Instrument perfekt zu beherrschen. Es wurde Gitarre gespielt, natürlich war auch die Nachfrage nach Klavier- und Geigenunterricht groß. Es war ein Kommen und Gehen in diesem Haus, ein Singen und Lachen. Über allem herrschte mit milder Strenge die „Jiddische Mamme".

Als ich an einem meiner Geburtstage mehrere Freundinnen aus meiner Klasse einlud, brachte jede, wie üblich, eine Überraschung als Geschenk mit. Die größte anhaltende Freude brachte mir Senta mit. Es war ein Kanarienvogel - das Mäxchen - mit einem großen Repertoire an Arien. Der Vater von Senta hatte zwei Zimmer, in denen er junge Kanarienvögel mit bestimmten Arien „bespielte"; immer spielte er einigen Vögeln die Musik vor und sie schmetterten dann ihre gelernten Melodien zu jeder Tageszeit. Auf Wünsche von späteren Vogelkäufern wurde natürlich eingegangen, der bestellte Vogel bekam dann Einzelunterricht mit Arien, die der spätere Besitzer wohl mit besonderen Erinnerungen Verband.

Als wir 1940 Kaunas verließen – als deutsche Staatsangehörige zogen wir normal mit Möbelwagen nach Deutschland, wo mein Vater 50 km östlich von Posen, im sogenannten Warthegau, eine neue Stelle als Lehrer zugewiesen bekam – zeigte der litauische Zollbeamte, der den Möbelwagen dann versiegeln mußte, besonderes Interesse an Mäxchen. Er bekam dann mein gesangfreudiges Vögelchen zu treuen Händen als Geschenk, zumal wir keine Tiere nach Deutschland mitnehmen durften. Auch unser lieber Hund Fips blieb bei Anjusia.

Wo sind Senta und ihre Familie geblieben? Mit ein paar Klassenkameradinnen hatte ich noch Jahre später Kontakt bei einigen Klassentreffen nach zig-zig Jahren; von Senta hatte niemand etwas gehört. Fotos, zufällig in einem Fotoalbum meines Bruders gefunden, zeigen die Familie bei einem Schulfest in Kaunas zusammen musizierend.

Zurück zu dem im Supermarkt angebotenen „Gefillte Fisch" im 1 kg Glas. Ich kaufte es nicht. Ich wollte mir nicht meine

Erinnerung an den Fischgeschmack, den Duft der speziellen Gewürze und die Atmosphäre im Hause von Senta und ihrer Familie verderben.

Vergessen

Es war ein Sommer mit vielen heißen Tagen, gefolgt von heißen Nächten, in denen man sich schlaflos im Bett wälzt. An diesem Abend hatte ich auf ein interessantes Fernsehprogramm gehofft, doch ich fand nur Wiederholungen. Ich suchte weiter und stieß auf einem Bericht aus dem letzten Krieg mit Filmausschnitten aus alten Wochenschauen. Viele Erinnerungen kamen hoch. Nachdem der Film zu Ende war, saß ich noch eine Weile bei einem Glas Wein, um mich ein wenig von den gesehenen Bildern abzulenken. Das waren Eindrücke, die das Einschlafen nicht erleichtern würden.

. . . . ich saß in einem bequemen Sessel, um mich herum mehrere junge Leute, die ich nicht kannte, die mir aber unentwegt Fragen stellten, um etwas aus meiner Jugend in Litauen zu erfahren. „. . . wie waren die Winter dort, gab es dort Straßenbahnen, hattet ihr ein Auto, und wie war es in der Schule? Warst du eine gute Schülerin ....?" Alle fragten sie durcheinander. Ich versuchte, alle gestellten Fragen zu beantworten, als einer der Jungen fragte: "Hattet ihr damals schon ein Telefon?" Ich antwortete: "Ja, wir hatten schon eins, ich erinnere mich sogar noch an unsere damalige Telefonnummer, sie lautete in litauischer Sprache : du, trys, null, aschtoni, septini, auf Deutsch: zwei, drei, null, acht, sieben." Die Jungen lachten über diese seltsam klingenden Worte, als einer von ihnen rief: „Kommt, wir rufen dort zum Spaß einmal an, mal hören, wer sich heute dort meldet!" Schon drehten sie lachend die Wählerscheibe und lauschten gespannt. ... bis sich jemand zu melden schien. Schnell gaben sie den Hörer erschrocken an mich weiter; ich rief: „Hallo!" Eine leicht heisere Männerstimme meldete sich: "Iwan Domela" ... mein Atem stockte, mir brach der Schweiß aus: "Hans Domela, bist du es wirklich? Hier spricht Deine Schwester, erinnerst Du Dich an deine Schwester?" Emotionslos antwortete die Männerstimme auf russisch: " ... ich bin hier geboren, ... ich habe vergessen..." Verständnislos rief ich auf russisch: "Hans, wie geht es Dir, wie kommst Du in unser Haus?" Ich war so aufgeregt, mir zitterten die Hände. Die Antwort war: "... ich bin hier geboren, ... ich habe vergessen ..." Die jungen Leute hatten sich alle auf den Boden gesetzt, sie verstanden nicht, was ich hysterisch in einer fremden Sprache ins Telefon schrie: „Hans, nicht auflegen, hier spricht Deine Schwester!" Und wieder hörte ich nur, in demselben Tonfall „ ... ich bin hier geboren, ... ich habe vergessen. ..."

Jemand nahm ihm anscheinend den Hörer aus der Hand, ein leises Rascheln und dann eine russische Frauenstimme: „Wer sind Sie, was wollen Sie von Iwan?" Ich erklärte ihr, daß er Hans Domela heißt und Deutscher ist. Sie sagte, er hätte eigentlich sehr wenig gesprochen, nie etwas von einer Familie erzählt. Er hätte eigentlich gar nichts erzählt. „Er stand eines Tages hier im Treppenhaus und wartete." „Es ist das Haus, das früher seinen Eltern gehört hatte", sagte ich. „Die Adresse war damals Traku gatve 47, er lebte in Deutschland und wurde im Krieg Soldat." „Madam, ich wohne hier seit über vierzig Jahren, das Haus wurde im Krieg halb zerstört. Jetzt wohnen hier 5 Familien mit vielen Kindern. Ich bekam hier ein Zimmer, weil mein Mann so krank war. Bald starb er, und ich war allein. Als Iwan immer wiederkam und wartete, holte ich ihn in mein Zimmer, gab ihm zu essen. ... wann? ... es ist schon lange her ..." Ich fragte: „Haben Sie nicht versucht, jemanden zu benachrichtigen, die Polizei?" „Hier hat jeder seine eigenen Sorgen, keiner hat Interesse, so blieb er bei mir." Ich fragte besorgt: "Ist er krank? Was macht er den ganzen Tag?" Sie antwortete, daß er den ganzen Tag am Fenster sitzt und auf die Moschee gegenüber schaut. Noch niemals wäre er alleine an das Telefon gegangen. Als es vorher läutete, wäre er aufgestanden, als wenn er auf einen Anruf gewartet hätte. „Ich verstehe das alles nicht", sagte ich. "Ich möchte ihn noch einmal sprechen." Als ich dann seinen Atem hörte, sagte ich aufgewühlt zu ihm: "Hans, ich komme zu Dir, ich will Dich zu mir holen, Hans, bitte sage doch etwas ... ! Ich bin Deine Schwester, erinnerst du Dich an mich ...???" Meine Stimme überschlug sich: "Hans, höre doch ... ich bin Deine kleine Schwester, ich komme Dich holen ... Deine Schwester ..." Ich hörte ihn schluchzen. "...ich weiß ... ich will vergessen ... muß vergessen ... !"

„Hans! Hans ! ! ! ! !" mit diesen Worten, die ich mich selbst rufen hörte, wachte ich benommen auf, ich saß aufrecht im Bett. Der Sog des Traumes ließ mich wieder in die Kissen zurückfallen. Ich blieb liegen, noch lange in den Fängen des Traumes. Ich hatte im Traum erschreckend viele Einzelheiten gesehen. Die Erinnerung vermischte sich mit den Schilderungen der Frau im Traum. Ich hatte gesehen, das Telefon stand noch auf derselben Kommode meiner Eltern wie damals, der Flur machte einen verwahrlosten Eindruck, es standen Kartons und Tüten neben den jetzt abgegriffenen Türen, dahinter Kindergeschrei; es roch nach Kohl. Alles war zum Greifen nah. ...

In diesem Haus haben meine Eltern, mein Bruder und ich bis zum Jahre 1940 gewohnt. Die Moschee stand wirklich gegenüber unserem Haus, umgeben von großen Kastanienbäumen. Mein Bruder fiel als Soldat 1942 südlich von

Leningrad, dem heutigen St. Petersburg. Wir haben die wenigen letzten Habseligkeiten von seiner Einheit zugeschickt bekommen. Ein Geldbeutel mit ein paar russischen Münzen und seine Brieftasche mit Fotos von unserer Familie und einem Foto der Moschee. Alles hart von seinem geronnen Blut. Immer wieder bekomme ich eine Gänsehaut, wenn ich an diesen Traum zurückdenke, an seine letzten Worte „… ich will vergessen … ja chotschu sabyt …!" Diesen Traum habe ich wirklich geträumt und lange, wie eben geträumt, in Erinnerung behalten.

Die Moschee in Kaunas, von meinem Vater gezeichnet

Moll – Moll – Moll

Do swidania heisst „Auf Wiedersehen"
1938

Es sind Tage, da klingen alle Töne in Moll, alle Gedanken sind in dieser Tonlage und nur solche Melodien füllen meine Erinnerungen. Aber sie sind nicht depressiv, ein Hauch von russischer Seele füllt die Gedanken an früher. Vieles verbunden mit wahren Personen, nach deren Verbleib ich lange gesucht habe. Es sind die russischen Familiennamen, die die Suche so schwer machen. Inzwischen notgedrungen angepaßt an die europäische Schreibweise, kaum noch in Listen aufzufinden, ohne die Geburtsdaten zu kennen.

Die schwierigsten Abende hatte ich im alten Haus, an den Ausläufern der Pyrenäen, in dem großen Salon mit wunderbarer Akustik, sehr hoher Decke, einem großem Kamin mit prasselndem Feuer, Schallplatten und Tonbänder aller meiner gern gehörten Chansons. Lautstärke möglichst bis zum Anschlag, kein Nachbar in der Nähe, den man gestört hätte.

Eine Flasche Wein löste die Gefühle, holte die Erinnerung zurück - „Do Swidania, ob wir uns wiedersehen, do swidania, das kann keiner sagen ... "

Zum Beispiel Lydia Gussiew. Sie wohnte drei Häuser neben unserem Haus in Kaunas / Litauen. Ihr Vater hatte dort eine Privatklinik, er war Chirurg. Ich lernte ihn kennen, als er mich bei einer Operation vom entzündeten Blinddarm befreite. Seine jüngste Tochter Lydia sollte Deutsch lernen, sie hatte eine baltische verarmte Adlige als Gouvernante, Frau Gussiew war die Operationsschwester ihres Mannes in der Klinik und hatte kaum Zeit für ihre Jüngste.

Ihre beiden älteren Kinder waren Irina und Juri. Irina war in Brüssel als Bewegungstherapeutin ausgebildet und arbeitete dort. Der Sohn Juri hatte Jura studiert und lebte noch im Hause der Eltern, kam aber während der politischen Wirren vom geraden Weg ab und wurde wegen angeblichen Fahrraddiebstahls ins Gefängnis gebracht. Es war eine politische Unterstellung. Er hatte sich an einigen antikommunistischen studentischen Versammlungen beteiligt und wurde dabei verhaftet. Nach einem Prozeß wurde er nach Sibirien ins Zuchthaus geschickt. Sein Vater hatte die besten Verteidiger engagiert, das Urteil stand jedoch von vornherein fest. Es war die Zeit, als Rußland die baltischen Staaten „zum Schutz" annektierten und auch die Deutschen, die hier lebten, bekamen diese Spannung zu spüren.

Lydia sollte natürlich so wenig wie möglich von den Sorgen in der Familie spüren und so waren sie froh, als Lydia und ich Freundinnen wurden. Ich war oft bei ihrem Privatunterricht mit ihrer Gouvernante dabei. Auch wurde ich aufgefordert, beim Französischunterricht mitzumachen. Ohne zu übersehen, was ich da versäumte, stöberte ich lieber in Lydias Büchern herum. Durch mich hatte Lydia auch mehr Gelegenheit, aus ihrer „Überwachung" herauszukommen. Sie kannte nicht das Herumstreifen im Zentrum der Stadt ohne Gouvernante. Was wir so anstellten, würde hier auch ein ganzes Kapitel ergeben. Sie war sehr erfinderisch im Aushecken der verrücktesten Pläne.

„Do swidania, ob wir uns wiedersehen, das kann keiner sagen."

Immer wieder hörte ich die Chansons von Charles Aznavour: „Zwei Zigeuner in der Nacht spielen zur Gitarre, spielen meine Sehnsucht wach, wo sind all die Jahre? Zu dem Lied aus alter Zeit rauschen leis' die Bäume, und ich seh' unendlich weit längst verlor'ne Träume. ..." Nochmal Wein nachschenken, Musik noch lauter drehen, ich singe lauthals alles mit. Tränen laufen mir über die Wangen. ... Das gehört zu dieser Musik, wenn man sich so darin „wälzen", sich gehenlassen kann. Meist schlafe ich dann im Sessel verweint ein, die Schallplatte stellt sich alleine ab, das Feuer brennt unmerklich herunter, die Kälte zieht in den Körper und im Unterbewußtsein hört man noch „ ... weit so weit im tiefen Schnee, liegt das Städtchen schon, ein paar müde Lichter nur, eine Bahnstation. Do swidania, ob wir uns wiedersehen. ?? Weißt du was das Leben bringt, Lachen oder Tränen, ob das Glück uns morgen bringt, was wir heut' ersehnen. ..."

So vergingen Monate, Jahre. Ich verbrachte viel Zeit bei Lydia, blieb oft zum Mittagessen bei ihnen. Dann, wenn Lydia ihre Hausaufgaben gemacht hatte, zogen wir los, spielten in unserem Garten Kricket oder in der Gartenlaube Rommé, Quartett oder Schach.

Eines abends kam sie überraschend zu uns, erzählte etwas Belangloses, verschwand in meinem Zimmer, um dann schnell nach Hause zu müssen …? Ich fand später in meinem Zimmer auf meinem Bett ihren kleinen Talisman, einen kleinen Plüschhasen, den sie schon als Kind von einem Kollegen ihres Vaters, der aus Deutschland zu Besuch kam, geschenkt bekommen hatte. Er hieß Putziputz und war ein Hase mit Knopf im Ohr der Firma Steiff. Das Verhalten von ihr überraschte mich, der nächste Tag würde alles aufklären.

Nach der Schule lief ich gleich zu Lydia … die Familie wäre verreist, die Gouvernante nicht aufzufinden. Was ging da vor? Nach einigen Tagen sah ich Polizei vor der Klinik, keiner wußte Genaues. Die ganze Familie hatte schon vor Monaten ihre Pässe abgeben müssen. Zu dieser Zeit war Litauen von Russen okkupiert, zum „Schutz" des Landes, weil in Deutschland 1939 Kriegsgerüchte an der Tagesordnung waren. Die Familie hatte sich von Helfern in der Nacht über die Grenze nach Ostpreußen bringen lassen. Natürlich mußten solche Vorbereitungen vollkommen unauffällig geschehen, mir blieb von Lydia als letzter Gruß der PUTZIPUTZ. Er sitzt noch heute auf meinem Nachttisch, immerhin inzwischen mindestens 80 Jahre alt.

Do swidania konnte ich nicht sagen, wo sind sie geblieben? Auf verschiedene Art versuchte ich, etwas über ihren Verbleib zu erfahren. Die oben erwähnte Schwierigkeit mit der Schreibweise russischer Namen brachte mich nicht weiter.

Doofe Gänse

1926

Als ich geboren wurde, war ich nicht zu Hause. Meine Mutter war von unserem Hausarzt vorsorglich wegen ihrer Herzbeschwerden in eine Klinik in Kaunas untergebracht. Als meine Mutter dann entlassen wurde und mit mir nach Hause kam, kam ich in unser Haus auf dem „Grünen Berg", so hieß das Viertel, und man konnte hinunter ins Tal der Memel sehen, wo Kaunas, die damalige Hauptstadt von Litauen, lag. Begrüßt wurde ich von allen Hausbewohnern.

Unser erstes 1926 erbautes Eigenheim
in Kowno, Prussų-g-vé 5

Mein Vater war Lehrer am Deutschen Gymnasium, und die günstigen Grundstückpreise da oben ermöglichten ihm, sein erstes Haus zu planen und zu bauen. Als meine Mutter ihr erstes Kind erwartete, meinen Bruder Hans, wurde die Mietwohnung zu klein, zumal meine Großmutter, die Mutter meines Vaters, zu uns aus Kurland zog. Da mit meinem Bruder Hans viel Arbeit auf meine Mutter zukam - sie arbeitete als Referentin und Dolmetscherin am Deutschen Konsulat in Kaunas - so war die Oma willkommen. Sie hatte mit ihren sieben Söhnen viel Erfahrung in der Haushaltsführung. Bald holte meine Mutter als Hilfe im Haushalt ein junges Mädchen, das in einer Wäscherei schwere Arbeit hatte. Es wurde damals alles von Hand gewaschen. Die Wäsche mußte mit Kraft ausgewrungen werden, sie war aus schwerem Leinen, es war richtige Knochenarbeit. Das Mädchen war froh, in einen geregelten Haushalt zu kommen und alles Notwendige zu lernen. Sie kam aus einer Familie, deren Vater im Norden Litauens Töpfer war, der neun Kinder zu ernähren hatte und, wie es damals üblich war, die Kinder zum Arbeiten verdingte. Sie waren meist Hilfsarbeiter ohne Lohn, der Vater bekam eine Zahlung und überließ dem Arbeitgeber alle Rechte.

Bei meiner Großmutter lernte sie alles, was zu erledigen war und Anna, die bei uns Anjusia genannt wurde, war bald in alles eingewiesen und blieb bei uns, bis wir 1939 Litauen verließen.

Mit gemischten Gefühlen hatte mein Bruder mich dann wohl zur Kenntnis genommen, bis dahin der kleine Prinz. Nun war eine kleine Putti dazugekommen, der in erster Zeit viel Aufmerksamkeit galt und keinesfalls schon zum Spielen zu gebrauchen war. Zur Familie gehörte auch der Schnauzer „Strupp", der Bewacher von allem, von allen geliebt und ein immer bereiter Spielkamerad. Das Haus auf dem „grünen Berg" stand mit seiner Front nicht an der Straße, sondern etwa sechs Schritte zurückgesetzt, Strupp konnte um das Haus herumlaufen und für Ordnung sorgen. An der Hofseite des Grundstücks war ein Holzschuppen, die Behausung der vier Gänse. Sie hatten eine umzäunte Wiese mit großer Tränke, so blieben sie von unserm Garten und unserer Spielwiese fern.

Nach einiger Zeit begann wieder der normale Ablauf im Haus. Es wurden nach längerer Zeit wieder Gäste eingeladen, Bridge und Skat waren an solchen Abenden nach ausgiebigem Essen beliebt. Man besuchte sich reihum, im Ausland blieben die Ausländer meist unter sich, Lokalbesuche waren damals noch nicht üblich.

In der Küche ging es hoch her bei den Vorbereitungen, die Kinder mußten vorher ins Bett gebracht werden, im Wohnzimmer war für alle eingedeckt, meine Mutter war schon unruhig, die Gäste waren verspätet. Man hörte Lärm, die Gänse waren zu hören, Strupp bellte, er war an seiner Hütte heute der Gäste wegen angebunden. Dann waren JUHU JUHU-Laute auch in der Küche zu hören, und mein Vater ging zur Haustür um nachzusehen. ... Da standen die eingeladenen Freunde auf der Straße, sie hatten Angst vor den laut zischenden, schnatternden Gänsen die Gartentür zu öffnen, um an die Haustürklingel zu kommen. Im Trubel hatte Anjusia vergessen, sie wegzusperren und der arme Strupp konnte nicht eingreifen. Lachend wurden alle nun ins Haus geholt, Erklärungen, Entschuldigungen der Gastgeber, erst nach dem Apéritif legte sich die Aufregung.

Dann wurden noch vor dem Essen die schlafenden Kinder begutachtet, die stolze Oma stand zwischen den Kinderbetten, und natürlich wurde ich als Neubürger „ach wie lieb" bezeichnet. Das sind die Kinder immer, wenn sie schlafen.

Es waren schöne Jahre da oben auf dem grünen Berg. Der Bau, der von der Regierung geplant war, eine Bergbahn auf Schienen, verzögerte sich dann doch länger. Der Aufstieg über Holztreppen mit Ruheplätzen wurde für meine Mutter zu anstrengend wegen ihres Herzfehlers, ein Auto hatten wir damals noch nicht, obwohl eine große, breite

Straße in Kurven inzwischen mit regelmäßigem Busverkehr hinaufführte. Mein Vater verhandelte schon mit einem deutschen Veterinär. Der hatte ein großes Grundstück, und für unser neues Haus verkaufte er uns den unteren Teil, der gegenüber der schönen Moschee lag, umringt war sie von uralten Kastanienbäumen. So wurde der Schulweg später für meinen Bruder und mich zum Katzensprung.

Unser zweites 1932 erbautes Eigenheim in Kowno, Trakų g-vi 25

Der Zweite

Januar 1945

Der Frühling begann, und der Krieg stand vor seinem Ende. Viele Flüchtlinge aus dem Osten waren in einzelne Regionen Westdeutschlands eingewiesen, so waren wir fürs Erste in der Gegend von Halle gelandet. Mit dem Bürgermeister des Dorfes ging mein Vater zu den einzelnen Häusern, die schon vorher auf Grund einer Verordnung in Listen erfaßt waren, weil bei ihnen bewohnbare, freie Räume für später zu erwartende Flüchtlingsfamilien beschlagnahmt waren.

Nun mußte für uns Drei – meinen Vater, meine Mutter und mich – eine Bleibe gefunden werden. Wir waren nicht die Einzigen, die diesem Dorf zugeteilt worden waren. Weitere Familien, zum Teil mit kleinen Kindern, waren mit dem Helfer des Bürgermeisters unterwegs, um die Bauern aufzusuchen, die Räume hatten, die zur Unterbringung von Familien mit Kindern in Frage kamen.

Es kam zum Teil zu dramatischen Szenen, hatten doch die betroffenen Wohnrauminhaber immer wieder Gründe vorzubringen, die sie von der Einweisung fremder Familien ausnehmen würde. Einige beriefen sich auf das Recht, für eventuell zu erwartende Verwandte, die auch als Flüchtlinge irgendwo unterwegs waren, das Zimmer frei zu halten. Andere erwarteten bald den in Gefangenschaft gekommenen Sohn, es waren alles verständliche Ausreden. Niemand wollte Fremde in sein Haus lassen.

Der Bürgermeister wurde wütend. Er stand unter Zeitdruck, denn er sollte so schnell wie möglich die abgeschlossene Unterbringung der ersten dem Dorf zugeteilten Familien seiner Behörde melden. Es waren ja noch tausende Menschen als Flüchtlinge unterwegs. Die Frau, in deren „gute Stube" wir endlich eingewiesen wurden, schien sich, nach einem langen Gespräch mit meiner Mutter, mit der neuen Situation abgefunden zu haben. Der Bürgermeister hatte uns noch auf die Möglichkeit, einen Teller Suppe vor dem Schlafen essen zu gehen, aufmerksam gemacht. Die Frauen des Dorfes, die freiwillige Helferinnen des Roten Kreuzes waren, hatten in Erwartung der Flüchtlinge eine Erbsensuppe gekocht und wir waren froh, nach drei Tagen wieder etwas Warmes zu essen.

Unser hoffentlich vorübergehendes Quartier, die besagte gute Stube, enthielt außer einem Büffet für das gute Geschirr, einen runden Tisch mit vier Stühlen, ein Sofa. Dies teilten sich meine Eltern. Für mich wurde aus einem Schuppen eine Strohmatratze geholt. Ich schlief auf dem Fußboden. Zum Zudecken gab uns Frau Werzin einige Militär-Wolldecken und da das Zimmer nicht beheizbar war, deckten wir uns mit unseren Mänteln zusätzlich zu. Es waren sehr ungemütliche Nächte. Wir konnten uns zwar wenigstens wieder einmal ausstrecken, an Schlafen war wegen der Kälte aber nicht zu denken.

Morgens, nach einer kleine Katzenwäsche in der Küche, bekamen wir jeder eine Scheibe Brot und einen Becher Malzkaffee, den Frau Werzin uns mit der Aufforderung hinstellte, sich beim Bürgermeister doch nach einer anderen Unterkunft umzusehen. Sie brachte das große Gutshaus zur Sprache, es hätte viele Zimmer, auch einige mit Betten, denn die Familie hatte mehrere Söhne. Zwei von ihnen waren im Krieg gefallen, der Jüngste galt schon länger als vermißt. Auch wären im Gutshaus zwei Fremdenzimmer. Frau Werzin verstand nicht, warum nicht erst diese Zimmer belegt wurden. Sie kannte sich aus im Gutshaus; sie hatte als junges Mädchen dort gelegentlich beim Hausputz helfen müssen.

Dieser Hinweis erwies sich als sehr brauchbar. Dem Bürgermeister, mit dem Hinweis meines Vaters auf die Verhältnisse im Gutshaus, war dieses Thema sehr unangenehm. Die Söhne waren bei der SS, und das Gut wurde von der Parteizentrale schon immer bevorzugt behandelt. Niemand wollte sich Ärger einhandeln. Der Bürgermeister hatte auch kein gutes Verhältnis zu dem Gutsherrn. Bei der Durchsetzung verschiedener Vorschriften, die eigentlich alle betrafen, hatte er meist den Kürzeren gezogen, nachdem der Gutsherr sich bei der Parteizentrale beschwert hatte.

Nach vielem Für und Wider machte sich der Bürgermeister mit meinem Vater auf den Weg zum Gutshaus, es lag in der Mitte des Dorfes. Mein Vater schien bei der Unterredung der drei Männer beruhigend auf die gespannte Diskussion zu wirken. Trotzdem wurde noch mit der zuständigen Behörde telefoniert. Der Gutsherr, Herr H., versuchte alles, um diese Einquartierung abzuwenden, aber offensichtlich fand dort seine Beschwerde kein Gehör mehr. Die Situation hatte sich in dieser Gegend auf Grund der Kriegslage und der Flut der Flüchtlinge so verschärft, daß keine Ausnahmen mehr gemacht werden konnten. Als Herr H. hörte, daß mein Vater Lehrer war und die mit uns zusammen geflohenen Familien Apotheker und ein adliger ehemaliger Großgrundbesitzer waren, war er bereit, uns alle in seinem Haus aufzunehmen. So brauchte er nicht zu befürchten, daß kinderreiche Familien bei ihm eingewiesen wurden. Er distanzierte sich gerne vom "gemeinen Volk", wie er zugab.

So fanden wir uns wieder zusammen, die die lange, eiskalte Flucht aus der Gegend von Posen, am 21. Januar 1945, bei Temperaturen von unter 25 Grad minus, wie Tausende andere, vorläufig hinter sich hatten. Unser Bekannter, Herr von G., war noch im Besitz seines Autos und eines großen Anhängers gewesen. Sie waren nicht von der Wehrmacht beschlagnahmt, weil er zu der Zeit einen Kohlenhandel betrieb und dieses Gespann zum Anliefern der seinen Kunden zugeteilten Kohle diente. So wurde dieses zum Ziehen von schweren Waren umgebaute Auto der Fluchtwagen für drei befreundete Familien. Im Auto saßen am Steuer seines Wagens Herr von G., daneben seine Frau. Im hinteren Teil saß zwischen Gepäckstücken meine Mutter und die Apothekerin. Mein Vater war in Richtung Front kommandiert, um eine Arbeitsgruppe beim Ausheben von Schützengräben zu beaufsichtigen. Er fand uns hinter Berlin über das Rote Kreuz. Der Anhänger war vollgepackt mit Sachen, die wir hofften zu retten. Auf dem ganzen Bündeln und Koffern saßen die beiden Töchter der Apothekerin, Studentinnen der Pharmazie und ich, damals 18 Jahre alt.

Die ganze Strecke in Richtung Westen war eine endlose Kette von Pferdewagen die sich mühsam über die Chaussee vorwärts zog. Zwei Meter hoher Schnee und Verwehungen, 25 Grad minus, auf derselben Chaussee uns entgegenkommende deutsche Panzer und Lastwagen mit Soldaten in Richtung näher kommende Front, um die Russen so lange wie möglich von den aus allen Ecken fliehenden Menschen zurückzuhalten.

Der Weg war vorgegeben, und so zogen wir südlich von Berlin weiter bis Halle. Dort wurden alle Pferde beschlagnahmt, dem Militär zugeteilt und die Familien in alle Himmelsrichtungen im Umland dem Roten Kreuz zur Weiterbeförderung überlassen. So kamen wir auch in das Dorf mit dem Gutshaus. Wir hatten es gut getroffen. Im Gutshaus war reichlich Platz, und wir drei Familien bekamen jeweils ein großes Zimmer mit Betten und Waschgelegenheit. Für alle stand eine Küche voll eingerichtet zur Verfügung, so konnten sich die Familien selbst verpflegen.

Nun konnte ich auch beginnen, meine erfrorenen Füße mit Hilfe der Gutsherrin und ihrer umfangreichen Hausapotheke zu behandeln, es blieben Schäden für lange Zeit. Die Bewegungslosigkeit zwischen Koffern und Kiste bei der herrschenden Kälte auf dem offenen Anhänger war der Grund; man nimmt die entstehende Gefühlslosigkeit bei dem herrschenden Durcheinander gar nicht wahr. Der Krieg war noch nicht zu Ende, noch herrschte deutsche Verwaltung, es mußten Lebensmittelkarten her, diese gab es nur mit Arbeitsnachweis. Mein Vater half vorübergehend in der kleinen Schule aus; ich fuhr mit dem Bus nach Halle und fand dort einen über mich hocherfreuten Besitzer eines Fotoateliers, der für seine Dunkelkammerarbeiten dringend jemanden brauchte. Man hatte sich soweit arrangiert, bis im April Halle von den Amis mit schwerer Artillerie bombardiert wurde und das Zentrum in Schutt und Asche lag. Ich blieb von da an als Arbeitskraft auf dem Gut. Es war schwere Arbeit, die ich dort mit den anderen Landarbeiterinnen verrichtete, vor allem ungewohnte.

Der Krieg ging für dieses Gebiet zu Ende und mit Panzern zogen die ersten Amerikaner ins Dorf. Natürlich gab es keine Gegenwehr, alle deutschen Truppen waren in Richtung Osten, zum Aufhalten der russischen Truppen abgezogen. Die Bevölkerung hatte so sehr gehofft, daß die Amerikaner kommen würden. Es gingen aber viel Gerüchte um, die

Beschlüsse von Jalta hätten bei Verhandlungen der Sieger-mächte eine Grenze in Mitteldeutschland festgelegt, wie weit jeweils die Russen oder Amerikaner besetzen durften. Wir kannten diese Grenze nicht, es wurde aber von Leuten, die verbotene Sender hörten, behauptet, eigentlich wären die Amis zu weit vorgedrungen. Keine deutsche Einheit hat-te sich ihnen entgegengestellt, so waren sie einfach so weit wie möglich den Russen entgegengekommen. Von den Amis sah man immer wieder Militär, das nach versteckten Waf-fen fragte, sich aber sonst wenig wie Eroberer benahmen, wenigstens in den Dörfern.

Nun verdichtete sich das Gerücht über einen Abzug der Amis aus einem schmalen Gebiet, das Halle und einige süd-lich gelegene Gebiete umfaßte. Bei uns ins Gutshaus war eine alte Dame mit zwei erwachsenen Töchter eingezogen; sie war eine baltische längst verarmte Baronin, ihre Töchter erfolgreiche Damen in der Direktion einer großen Bank. Die Töchter besprachen mit meinen Eltern einiges etwas sehr Diskretes. Ich wurde gebeten, am nächsten Tag mit einem an-deren jungen Mädchen aus dem Wald einen größeren Strauß Tannenäste zu holen. Die alte Baronin hatte mit ihren Töch-tern besprochen, sich das Leben zu nehmen. Sie hatte schon dreimal in ihrem Leben den Einmarsch russischer Truppen erlebt. Erst am Ende des 1.Weltkrieges, dann während des 2.Weltkrieges und hatte sich geschworen, dies nicht noch einmal zu erleben. Das Gift, Zyankali, hatten wir alle beim Aufbruch zur Flucht für alle Fälle dabei, um gefürchteten Situationen mit den Russen zu entgehen.

Die alte Dame hatte nun den nächsten Tag vorgesehen, die Töchter hatten Verständnis und um später wenigstens etwas Grün auf den Sarg legen zu können, waren die Tannenäste vorgesehen. Alle wurden gebeten, sich an diesem Tag leise zu verhalten.

Während das junge Mädchen und ich am Waldesrand mit unseren Messern die schwer abzuschneidenden Kiefern und Tannenäste am Boden häuften, war ein lautes Motorengeräusch über unseren Köpfen zu hören; wir duckten uns, in der Annahme eines Angriffs aus der Luft auf uns, wie sie in letzter Zeit auf einzelne Leute von Tieffliegern geschehen waren. Nun aber war doch der Krieg fast zu Ende. ... Dann ein lauter Knall, fast wie eine Explosion, vor unseren Augen aufspritzende Erde und Rauch. Was war geschehen. ... ?

Ein Flugzeug war abgestürzt, hatte sich mit seinem Motor in den kaum aufgeweichten Acker gegraben. Das Heck des Fliegers ragte aus den Rauchschwaden heraus, der Wind vertrieb den Rauch und vom Dorf her sahen wir viele, noch verbliebene alte Männer und viele Kinder auf die Unfallstelle zulaufen. Wollten sie helfen, wollten sie schauen? Einige liefen zurück, um mit Schaufeln und einem Handwagen hilfsbereit nach dem Piloten zu suchen. Sie versuchten das gläserne Kabinendach zu zerschlagen, sie sahen einen Piloten unten im Cockpit, offenbar eingeklemmt, zogen und schlugen. Endlich gab etwas nach und ich sah die Oberkörper der Helfer zwischen Erde und Flugzeug verschwinden. Ein paar Worte wurden gewechselt, offensichtlich lebte der Pilot. Mit Hilfe weiterer Helfer wurde der Pilot behutsam aus dem tiefliegenden Cockpit gehoben, bei jeder Veränderung der Lage seines Körpers schrie er auf, wurde dann zum Transport behelfsmäßig in den Handwagen gesetzt und rief immer wieder: „Wo ist der Zweite, der Zweite !!?"

Der Abtransport stockte, man versuchte mit dem Verwundeten zu klären, was ihn nicht zur Ruhe kommen ließ – im

Schock rief er immer: „ ... wo ist der Zweite ????" Nun begann eine neue Suche am Wrack des Flugzeugs, im Umkreis, sollte beim Absturz der Zweite aus dem Flugzeug geschleudert worden sein? Ein kleiner Junge wurde ins Cockpit hinabgelassen, sollte dort genau nachschauen, ob sich noch eine Person darin befindet; gefunden wurde nichts. Wir standen unweit des Geschehens, hörten lebhafte Diskussionen, dann zog die ganze Prozession über den Acker in Richtung Dorf los. Man hörte den Verletzten immer wieder aufschreien, der primitive „Bollerwagen" war sicher kein geeignetes Gefährt für den Transport.

Am nächsten Tag kamen zwei Lastwagen mit Soldaten. An ihren Uniformen waren alle Hoheitszeichen entfernt und am Lastwagen war das Zeichen der Luftwaffe primitiv übermalt. Es sickerten die näheren Umstände durch: der Pilot war auf dem nördlich von Halle liegenden Flugplatz stationiert, war in der Ausbildung zum Piloten und hatte, als er hörte, daß die Russen das Gebiet besetzen würden, in Panik ein Übungsflugzeug startklar gemacht und wollte weit nach Westen fliegen. Natürlich war das Fahnenflucht, deshalb auch das Erscheinen der Offiziere und der Abtransport des Wracks. Der Pilot kam zunächst in ein Lazarett. Zur Aufklärung – es hatte keinen weiteren Flieger in der Maschine gegeben, der Pilot hatte seinen zweiten Lederstiefel vermißt.

Obwohl die Amis dieses Gebiet besetzt hatten, waren einige militärische Zentren noch nicht abgewickelt, sie unterstanden nach Abgabe der Waffen weiterhin ihren Offizieren, die unter Aufsicht der Amerikaner standen; in dieser Übergangsphase ging alles durcheinander.

Zwei Tage später sahen wir am Morgen etwa zehn Panjewagen mit Russen durch das Dorf ziehen; zweimal schoß ein Soldat grundlos in die Luft, sonst passierte nichts. An nächsten Tag merkte man schon eine Veränderung: russische Panzer zogen durch, Autos mit Offizieren hielten, die Bevölkerung hatte Angst, die Straßen leer, an manche Türen wurde mit dem Gewehrkolben geklopft, nach Waffen gesucht und mehrfach Lebensmittel und Flaschen mitgenommen. Allmählich kamen mehr Soldaten, die Verwaltung wurde aufgelöst, der Bürgermeister wurde gegen einen Mann der kommunistischen Partei ausgetauscht, und schon begann die Schacherei um Posten; jeder der vorher unterdrückt war, wollte auch endlich etwas zu sagen haben.

Einige Monate blieben wir dort, dann wurde mein Vater von einer Schule angefordert. Allmählich begann der Alltag für alle in der russischen Besatzungszone. ...

Ich hab' noch einen Koffer in Berlin

Die Redaktion lag im ersten Stock eines bei den flächendeckenden Bombenangriffen leidlich standhaft gebliebenen Hauses, das im sowjetischen Sektor lag. Sie hatten mir einen Presseausweis ausgestellt, der mir bei vielen Gelegenheiten half, sowohl beim Kinokartenkauf als auch bei Generalproben im Theater zum Fotografieren, besonders bei der Abgabestelle der Lebensmittelkarten. Damals wie auch heute noch - ein Presseausweis verfehlte nie seine Wirkung. Später, als die Behörden einheitlicher wurden und die Situationen der einzelnen Sektoren sich normalisierten, wurde auch der Wechsel von Sektor zu Sektor komplizierter. Ich holte meine Lebensmittelkarten in Form von Reisemarken ab. Das waren kleinere Einheiten für Fleisch, Fett, Brot usw., gedacht für Menschen, die in Gaststätten aßen und bei einer bestellten Erbsensuppe mit Würstchen z.B 5 Gramm Fett, 10 Gramm Fleisch und 5 Gramm Brot von dem perforierten Blatt abreißen mußten. Diese angegebenen Werte entsprechen bestimmt nicht der Realität, man vergißt so etwas schnell. Sonst ernährte ich mich von den Suppen, die jede Gaststätte ohne Lebensmittelmarken laut Vorschrift im Angebot haben mußte. Ansprüche konnte man an diese Suppen nicht stellen: Gemüseaußenblätter, Schnitzelchen von Kartoffeln, also mehr oder weniger eine klare Gemüsebrühe. Auch blieb es nicht aus, daß einige Würmchen aus dem Gemüse mitgekocht waren. Wenn man pingelig war, mußte man eben mit dem knurrenden Magen zurechtkommen. In manchen Kneipen waren die Bestecke mit Kettchen an der Tischkante befestigt, das Mitnahmebedürfnis war stark ausgeprägt, es gab ja nichts zu kaufen.

Meine Mutter suchte in der damaligen Zeit auf Feldern nach Weizenkörnern. Wenn die Felder abgeerntet waren, brachten die Bauern ihre Hühner auf die Felder, damit sie alle Körner vom Boden aufpickten. Anschließend wurden die Felder für die Flüchtlinge freigegeben. Diese mühsam gebückt gefundenen Körner mahlte sie in einer geliehenen Kaffeemühle zu Mehl, und so gab sie einem nach Berlin reisenden Bekannten etwa ein Pfund für mich mit. Meine Wirtin briet mir dann, sobald Strom da war, in meiner Abwesenheit gelegentlich zwei Pfannkuchen. Abends fand ich sie in Zeitungspapier unter einem Suppenteller auf dem lauwarmen Küchenherd und aß sie mit Heißhunger.

Allmählich wurde uns die Aktzeichnerei zuviel. Es wurden Tage im Zoo absolviert. Mit großem Zeichenblock vor dem Affenhaus wurden Pläne geschmiedet, was wird die kommende Zeit uns bringen? Politisch war alles in der Schwebe. Am Abend tauchte ich dann in der Redaktion auf, um zu hören, wozu ich eingeteilt war. „Fischchen" waren immer willkommen, das waren zufällige Vorfälle aus dem Alltag der Berliner, alles Dinge die man am Rande erlebte.

Allmählich verdichtete sich der Unterricht. Es trafen die angekündigten Lehrkräfte ein, es ging nun um Optik, Chemie und die Basis der Fotografie. Und wollte man nicht seinen Platz an der Kunstschule verlieren, war es ratsam, dort öfter an den Vorlesungen teilzunehmen. Ich hatte schon vor der Flucht in Posen in einem bekannten Fotoatelier eine Lehre begonnen, kannte mich aus mit allen Dunkelkammerarbeiten und Porträtfotografie.

Vier Tage bevor das Gebiet um Posen geräumt werden mußte, die Russen kamen näher, man hörte nachts die Schüsse der Artillerie von der Front. Es war jedem verboten, das Gebiet vorher zu verlassen, man hätte in Verdacht kommen können, nicht an den Endsieg zu glauben. So kam es zu einem riesigen Aufbruch der Bevölkerung, mit Pferdewagen und jede Möglichkeit wahrnehmend, wie schon am Anfang meiner Erinnerungen geschildert. Ich lernte, drei Tage bevor auch ich aufbrach, einen jungen Offizier kennen, der nach Atelierschluß für seine Kameraden Fotos abholen sollte. Eigentlich war totale Ausgangssperre. Mit Tricks sahen wir uns noch zweimal und hatten dabei den Entschluß gefaßt, falls wir den Krieg überleben, eventuell zu heiraten. Er konnte mir noch schnell seine Heimatadresse zustecken, und dann war die Geschichte zu Ende. – Das war Ende Januar 1945.

Zurück zu den Erinnerungen Berlin. Inzwischen war auch in Berlin der Frost gefährlich geworden, man hatte für solche Temperaturen nicht die Kleidung und ich war froh, einige Tage in der mäßig warmen Kunstschule zu sitzen, man zitterte sich warm, auch eine heiße Suppe in der kalten Kneipe brachte nichts. Es wurde Februar 1947, laut Kalender stand die Faschingszeit bevor. Da hörte ich von einem Brandunglück in Spandau. Es hätte eine große Gruppe Menschen tatsächlich Lust auf ein Kostümfest gehabt, das dann grausam endete.

Da der Verlag sicher an Aufnahmen von dem Folgen des Ereignisses interessiert war, fuhr ich nach Spandau. Das Gebiet rund um die stark verbrannte Baracke war von Polizei und englischer Militärpolizei umstellt. Herumstehende erzählten, unter den Verkleideten wären verbotenerweise auch einige englische Soldaten, die mit ihren deutschen Freundinnen richtig feiern und die Kriegstage vergessen wollten. Diese Toten versuchte die Militärpolizei zu finden. Die Leichen waren auf dem Fußboden sortiert nach erkennbaren Merkmalen, ob männlich oder weiblich, hingelegt. Am Eingang hatte man auf einem Tisch die auf dem nassen Boden gefundenen Uhren, Feuerzeuge oder Schmuckstücke ausgestellt. Die Polizei ließ nur Personen hinein, die Angehörige unter den Toten vermuteten. Ich drückte meine Contax, schon wegen der Kälte, fest an mich und schloß mich einem verweinten Ehepaar an. Nun war ich in dieser schaurigen Umgebung, Brandgeruch von Textilien und das Abschreiten der Leichen, um evtl. noch an verbliebenen Stofffetzen einen Angehörigen zu vermuten, der dann, von zwei Mann der Militärpolizei hochgehoben und gedreht wurde, um an Narben oder Verwundungen genauere Identifizierung zu ermöglichen. Als ich pietätlos begann, nach meiner Contax zu nesteln, wurde ich von der Polizei abgeführt und ich mußte viel Überredungskunst aufbieten. Mit faden Ausreden wie „Aktuelle Presse" und „allgemeine Berichterstattung" zog ich dann mit rotem Kopf ab, die Polizei hatte Wichtigeres zu tun.

Als ich „nach Hause" zu Frau V. kam, saß in der Küche Helmut, der frühere Leutnant aus Posen. Ich hatte nach Kriegsende an seine Eltern im Saarland geschrieben und nach seinem Verbleib gefragt.

Er war aus amerikanischer Gefangenschaft entlassen worden und arbeitete bei Radio Saarbrücken. In einer Kneipe hatte er einen früheren Schulkameraden getroffen. René arbeitete zur Zeit als MITROPA-Kellner im Speisewaren der französischen Urlauberzüge zwischen Paris und Berlin. So wurde Helmut zum kurzen Aufenthalt nach Berlin geschmuggelt, wir konnten kaum 20 Minuten miteinander reden, er durfte die Abfahrt für die Rückfahrt nicht verpassen.

So endete dann bald meine „große Karriere" in Berlin mit

ziemlich überstürztem Abbruch. Ich verschwand, ohne mich irgendwo abzumelden, ich tauchte inoffiziell dann ohne Einreisegenehmigung im Saarland auf. Ich wurde als Verlobte von René im Militärzug ausnahmsweise mitgenommen. Die französischen Vorgesetzten von René beglückwünschten uns und kamen dann mit einer Flasche Champagner in mein separates Abteil, wo ich Ausgehungerte dreimal Frühstück serviert bekam. Das war die typisch französische „laisser faire"- Art.

Das Saarland war einige Zeit an Frankreich angeschlossen, mit dem Angebot an Waren eines Landes, das zu den „Siegermächten" gehörte. Da ich keinerlei Papiere vorweisen konnte, die meine Ankunft belegten, wurde ich mit den Lebensmittelkarten der Familie von Helmut durchgefüttert, bis die Behörden dann die Möglichkeit fanden: „ … nach erfolgter Eheschließung mit einem Saarländer wäre ich dann offiziell Saarländerin mit Bleiberecht." So schlug ich vorübergehend Wurzeln in Saarbrücken.

Berliner Familie

1947

Vor einiger Zeit, ich war in Berlin auf der Suche nach brauch-
baren, aussagekräftigen Fotos für einen Presse-Foto-Verlag,
sprach viele Menschen an und lernte unter anderem auch
Hannelore kennen, eine junge Berlinerin, die sich mir an-
schloß und wir so Gelegenheit hatten, einiges von unserem
Leben zu erzählen. Als sich die Bekanntschaft vertiefte, lud
Hanne mich zu einem Nachkriegs-Mittagessen zu ihren Eltern ein. Ich hatte schon einiges über das Leben in dieser
Familie erfahren. Hanne vermied es, sich tagsüber zu Hause
aufzuhalten, strickte für eine kinderreiche Bäckerfamilie
Pullover, brachte es mit den mitgegebenen bunten Woll-
knäueln zu einer bewundernswerten Fertigkeit, komplizierte
Muster zu stricken und konnte so einiges an Lebensmitteln
für den Haushalt beitragen. Die Bäckersfrau begann Auf-
träge für zu strickende Pullover anzunehmen, und Hanne
kannte ich nur noch mit einer Tasche voller Wolle und Stricknadeln mit begonnenen Pullovern. Kaum waren wir in einer
Situation, wo man sich setzen konnte, schon klapperten ihre
Stricknadeln, die Nachfrage war groß.

Hanne hatte mir erzählt, ihr Vater war Leiter einer Berliner
Behörde, die schon vor Beginn des Krieges für die Ausgabe
von Bezugsscheinen aller Art zuständig war und als Beamter
auch Partei-Mitglied, bis zuletzt an den „Endsieg" glaubend.
Ihre Mutter hatte sich beim ROTEN KREUZ nützlich gemacht
und ihr älterer Bruder Waldemar, Waldi genannt, und Hanne
waren lange Zeit „Schlüsselkinder"; so nannte man die Kinder, die nach dem Schulunterricht, weil keiner der Eltern zu

Hause war, mit eigenem Haustürschlüssel in die Wohnung kamen und den Nachmittag auf sich gestellt waren.

Waldi wurde zum Militär eingezogen, kam zur Marine und war im Atlantik mit seinem Boot als „vermißt" gemeldet. Die Mutter konnte sich mit dem wahrscheinlichen Tod ihres geliebten Sohnes nicht abfinden, der Vater wurde reizbar, die weinende Frau verschärfte seine Aggressivität. Auch die Entwicklung des Krieges und die ersten Bombenangriffe auf Berlin zeigten ihm, daß der Krieg verloren war.

Es begann die Zeit für alle in Berlin, jede Nacht in den Luftschutzkeller zu müssen. Sie hatten noch Glück, daß sie in einem Stadtteil wohnten, der nicht militärische Ziele in der Nähe hatte. Trotzdem war ein Zimmer unbewohnbar geworden, nachdem der Vater, ein unbelehrbarer Raucher, sich in diesem Zimmer am Fenster stehend eine selbstgedrehte Zigarette aus stinkendem Grasgemisch anzündete und die Gardine in Brand setzte, er ziemlich kopflos reagierte und einiges im Zimmer zu brennen begann. Das führte zu einem erneuten Spannungsfeld und so manche Tüte Mehl, die Hanne „erstrickt" hatte, zum Tausch in losen Selbstanbautabak verwendet wurde, um ihn ein wenig ruhig zu stellen.

Seinen Kontrolltick behielt er bei. Wenn sich seine Frau morgens auf den Weg machte, eine Warteschlange fand, die in Hoffnung auf Gemüse schon seit zwei Stunden anstand und sie dann mit sieben Möhren und neun faulen Kartoffeln nach Hause kam, wog er alles nach und tobte, weil ihnen seiner Meinung nach mehr zugestanden hätte.

In allen Nächten mußte man sich auf Fliegeralarm einstellen, schließlich waren es dokumentierte 310 Angriffe auf die Stadt. Die Schwierigkeit bei jedem Fliegeralarm, sich auf den Weg in den Keller zu machen, war vor allem, genügend Kleidung auf dem Körper zu haben, um im Falle, wenn sie ausgebombt würden, vorläufig ohne Bleibe und ohne Kleider so weiter leben zu können. Kam dann die Entwarnung durch die Sirene, schleppten sich alle wieder in ihre Wohnungen, Mantel aus und mit allen anderen Kleidern am Leib schnell ins Bett, oft wieder nach zwei Stunden beim erneuten Alarm in den Keller. Zudem die Schlepperei der verpackten angenommen unentbehrlichen Sachen wie Silber, Dokumente und Erinnerungsfotos der Familie. Wer kleine Kinder hatte war doppelt belastet; schreiende Kinder im Luftschutzkeller strapazierten die Nerven, es gab keine Lösungen.

Mutters größte Sorge war, falls sie ihre Wohnung wegen eines Treffers verlassen müßten, eine eventuelle Nachricht vom Roten Kreuz mit der Meldung, daß ihr Sohn überlebt hatte, sie nicht erreichen würde.

Mit diesem Szenario jede Nacht ging der Krieg zu Ende, eine neue Angst begann mit der Besetzung von Berlin, und die Hilfslosigkeit in dieser Situation und die tägliche Sorge um das Morgen wurde anders, aber nicht leichter. Nun mußte der Vater die oft ergebnislosen Versuche übernehmen, etwas zum Überleben zu kaufen zu bekommen; die Frauen waren in der ersten Zeit der Besatzung auf den Straßen zum Freiwild geworden. Die Nerven lagen bei allen blank, man hatte schließlich überlebt, und es konnte doch eigentlich nur besser werden. So begann auch das Jahr 1946 allmählich mit einem Alltag und man paßte sich doch immer wieder an die gegebenen Umstände an.

Anfang des Jahres 1945, den letzten Monaten vor der Besetzung von Berlin - Anfang Mai war der Krieg verloren - hatte die Mutter voller Angst von ihrem Mann verlangt, endlich die belastenden Bücher aus dem Bücherschrank zu entfernen. Es waren etwa zehn Bücher, die der Vater an Geburtstagen oder Jahrestagen bei der Behörde offiziell geschenkt bekommen hatte, alle mit Widmungen und natürlich mit Inhalten, die Olympia dokumentierten, auf dem Einband ein großes Hakenkreuz, auch Lebensbeschreibungen von Größen aus der Partei. Der Vater war einsichtig - diese Bücher mußten weg, aber wohin? Man hatte keine Karre, wo ließen sich diese Bücher unauffällig entsorgen? Verbrennen, wo und ohne Zeugen? Im Küchenherd waren sie nicht zu verbrennen. Er verstaute sie in einem großen Koffer von Waldi, eingewickelt in Zeitungspapier und alle Lücken gefüllt mit alten Wäschestücken, deponiert in dem Zimmer in der verbrannten, stinkenden Ecke.

Die Mutter durchsuchte noch einmal ihre Koffer und Taschen nach der Dringlichkeit: der große Koffer enthielt ein großes Tischtuch mit noch von ihrer Mutter bestickten Monogrammen, Bettwäsche noch unbenutzt aus der Aussteuer, alle Dokumente und Verträge, die wenigen Silberbestecke und Unterwäsche der Familie und Handtücher....Es kam was zusammen, und das mußte immer mit in den Keller. Dazu die Tasche mit allen Fotos und Erinnerungen an Waldi. Der Vater bestand auf der Mitnahme seiner Briefmarkensammlung, er glaubt an den hohen Wert nach dem Krieg. Vieles, was sie befürchtet hatten, traf nicht ein.

Es war ein Jahr vergangen und die größte Angst hatte sich gelegt. Hanne lud mich im Namen ihrer Eltern zu einem Nachkriegs-Suppentopf-Essen ein, sie wollten mich kennenlernen.

Nun stand ich mit Hanne vor ihrem Haus, ich hatte mich über die Einladung gefreut und war froh, vorher schon einiges aus dem Leben der Familie zu kennen. Begrüßt wurde ich von den Eltern wie eine alte Freundin der Tochter. Die Mutter, eine kleine verhärmte Frau, der Vater ein magerer Mann, der sich als „Mann von Welt" zeigte und Hanne war überrascht, wie locker alles während der mageren Suppe wurde. Ich hatte sechs Dauerwürstchen vom schwarzen Markt mitgebracht und eine kleine Packung Ami-Bohnenkaffee, den wollte die Mutter uns nach dem Essen aufgießen und war offensichtlich erfreut, als ich versicherte, keinen Kaffee meines Magens wegen zu vertragen.

Es wurde viel erzählt und bei vielen Erinnerungen, die damals von Verzweiflungstränen begleitet waren, jetzt gelacht. Vor allem als die Mutter von dem Tag erzählte, als sie begannen, ihre Luftschutzkeller-Koffer auszupacken und feststellen mußten, daß der Vater monatelang den falschen Koffer in den Keller geschleppt hatte. Durch dauernde Umschichtung und in Panik war der Koffer mit den zu vernichtenden Büchern in die Nähe der Wohnungstür gerückt und als wichtigster Gegenstand Nacht für Nacht in den Keller geschleppt worden.

Jetzt konnte man darüber befreit lachen. Es wurde ein sehr netter Abend, und ich besuchte die Familie noch einige Male.

Aus dem Aufsatz eines kleinen Jungen in der Schule. Thema: „Wie wir die Bombennächte erlebten". Er schrieb: „... immer wieder schreckten wir von den Sirenen aus dem Schlaf hoch und rannten alle in den Luftschutzkeller, dann wieder hoch, kurz eingeschlafen, wieder Alarm. Als wir dann endlich wieder alle im Bett lagen, kam der liebe Gott." Der Lehrer fragte nach: "Habt ihr gebetet"? „... meine Mutter sagte zu meinem Vater, ... lieber Gott, kommst Du nun auch noch ?"

Fernweh

1955/60

Etwa um die Zeit, als in aller Munde „die Sonne auf Capri"
im Meer zu versinken begann, fing auch in Deutschland die
Sehnsucht nach Sonne und Süden an. Viele konnten sich
schon einen kleinen fahrbaren Untersatz leisten, der dann,
oft vollgestopft mit Familienmitgliedern, als Transportmittel
der Sonne entgegen gesteuert wurde. Vieler Ehrgeiz war es,
um Zeit zu sparen, gleich die Nacht hindurchzufahren.

Die armen Väter saßen übermüdet am Steuer und kurz bevor ihnen die Augen zufielen, wurde ihnen noch eine Stunde
Fahrtunterbrechung zur Vermeidung eines Unfalles gewährt.
Irgendwo an einer etwas abgelegenen Stelle lagerte die Familie an einer Parkplatzseite, stärkten sich alle mit Limo und
dick belegten mitgebrachten Butterbroten und versanken
dann in einem kleinen Erholungsschlaf. Gegen Morgengrau-
en ging die Fahrt weiter, die Landkarte lag auf Mutters Schoß
und das Ziel war klar - Sonne, Süden, meist Italien.

Auch wir packten Kind und Kegel ein, uns zog es nach
Westen. Wir durchquerten ganz Frankreich. Es war eine sehr
abwechslungsreiche Landschaft, und in scheinbar gottver-
lassenen Dörfern konnte man noch abenteuerliche Unter-
künfte finden. Dörfer, die noch in ihrer alten Romantik steck-
ten.

In einem Dorf fanden wir zwischen Bauernhäusern einen
großen Garten, darin ein Haus, scheinbar uralt, an der Vor-
derfront stand in abbröckelnder Schrift RESTAURANT, und
es weckte unsere Neugier und Hunger. Beim Eintritt standen
wir im Wohnzimmer. Madame kam, bot an, nach unseren

Wünschen zu kochen, sie habe meist nur an Wochenenden vorbeikommende Gäste, sie läge zu weit ab von den inzwischen auch in Frankreich stärker befahrenen Straßen; Tourismus war im Innern Frankreichs spät verbreitet. Wir kamen uns vor wie in einem alten französischen Film. Gleich würde Jean Gabin ins Restaurant kommen. ...

Es war ein langes, wirklich liebevoll zubereitetes Essen mit Wein, Baguette und allem, was französische Hausmannskost ausmachte. Der zarte Duft vom ungewohnten „ail" blieb noch lange in der Nase. Das Essen zog sich hin, machte wohlig müde, und anschließend saßen wir dann auf den Liegestühlen im großen Garten. Madame servierte starken, heißen Kaffee und wir brauchten Überwindungskraft, um weiterzufahren und eine Unterkunft für die Nacht zu suchen.

Unterwegs fanden wir übermüdet ein sehr primitives Unterkommen; alle waren froh, wenigstens die Augen zumachen zu können. Der nächste Tag brachte uns an die Küste, der Atlantik lag im Regen. Weiter nach Süden ging es, vorbei an der größten Düne Europas, es dunkelte, es regnete und die Urlaubsfreude ließ merklich nach. Das regelmäßige Quietschen der Scheibenwischer zeigte, wie sich der Weg hinzog, nichts Hoffnungsvolles lag vor uns. Einen Radfahrer im Ringelhemd überholten wir und fragten nach einem Rat für eine Übernachtung. Da hörten wir zum ersten Mal einen Tip, der uns noch oft auf Reisen in Frankreich der beste war. Er riet uns, weiter etwa 20 km zu fahren und dann an einem großen Schild ROUTIERS zu halten, das wären die preiswertesten, saubersten und bei den Fernfahrern beliebtesten einfachen Hotels. Das war wirklich ein guter Tip. Ein großer, sauberer Hof, Platz für viele parkende Fernfahrer, die Tür des Hauses ging auf, ein warmes Licht verhieß Wärme und Geborgenheit. An Holztischen saßen eine Gruppe Männer vor ihren Tellern bei reger Unterhaltung. Wir wurden bald an einen Tisch gewinkt, und der garçon kam mit einem Stapel Suppentellern, Gläsern und Flaschen mit offenem Weißwein. Zwei größere Steintöpfe mit geriebenem Käse und einer Art Mayonnaise ließ uns noch nicht ahnen, was nun kommen würde. Mit Eleganz brachte der garçon eine große Suppenschüssel, mit einer Schöpfkelle verteilte er in die Suppenteller eine undefinierbare braune Suppe, die ganz intensiv nach Fisch roch. Wir aßen zum ersten Mal die „soupe de poisson", keine Suppe mit Fischen, sondern die landesübliche, aus gekochten Fischköpfen und Gräten, die einfache Suppe der Fischer, die so ihre „Fischabfälle" seit Generationen verwerteten, total verkocht und dann durchpassiert. Heiß und würzig, mit versenkten „croûtons" und mit geriebenem Käse bestreut. Einfach herrlich! Wir löffelten hungrig und schon kam der garçon mit der nächsten Schöpfkelle neuer heißer Suppe.

Auf diese Art blieb uns das ROUTIERS, die verregnete Gegend an der Küste des Atlantik und diese neue Suppe in Erinnerung. Unzählige Male haben wir auf der weiteren Fahrt bei der Einkehr in ein Restaurant wieder diese Suppe bestellt.

In diesem Sommer war das Wasser an der Küste ölverschmutzt, auch das Wetter lud nicht zum Baden ein. Nun entschlossen wir uns, über die Pyrenäen hinunter zum Mittelmeer zu fahren und entdeckten dort einen Landstrich in wunderbarem Licht. Ihm blieben wir auch nach Jahren treu: Das Languedoc.

Paris ist eine Reise wert

etwa 1975

Die Anfahrt mit dem Auto war damals etwas umständlicher, wenn man nicht zufällig an einer gerade entstehenden Autobahn wohnte. Vier Freunde wollten den lange gehegten, dann telefonisch besprochenen Plan nun verwirklichen und Paris besuchen. Peter und ich holten Volker mit unserem Auto ab, er wohnte in einer Kleinstadt, die auf unserem Wege nach Paris lag. Besprochen war, Igor am nächsten Tag von der Bahn abzuholen.

Wir kannten Paris noch nicht. Volker behauptete, sich in der Stadt gut auszukennen, von unserem kleinen Hotel aus, wäre es kein Problem zum Gare du Nord. Mein Blick auf den Stadt- plan zeigte unzählige kleine, verzweigte Straßen und mein Vertrauen in seinen Orientierungssinn sank, als er von seinen Erfolgen beim Auffinden ziemlich verschlüsselter Adressen erzählte. Er war verschiedentlich mit seinem Chef beruflich in der Stadt, begleitete diesen, weil er recht gut die französische Sprache beherrschte. Sein Chef war bei den geschäftlichen Verhandlungen auf ihn angewiesen. So waren wir es nun, als wir uns nach dem Abendessen vor unseren Zimmertüren trennten, voller Erwartung auf den morgigen Tag und das Wiedersehen mit Igor auf dem Bahnsteig.

Kurz nach 7 Uhr trafen wir uns in der Halle des Hotels und machten uns zu Fuß auf den Weg. Der Gare du Nord - „kann gar nicht so weit weg sein" - ein Satz, den wir noch öfter zu hören bekamen. So zogen wir zu Dritt ins Zentrum, in die kleinen Straßen, vorbei an Bistros mit Tischen auf dem Bürgersteig, gut besucht von vielen, die gerade frühstückten. Da wir noch „massig" Zeit hatten, setzten wir uns in einer engen Straße an einen der noch freien Tische, die Morgensonne schien genau in unsere Richtung; einige Häuser weiter waren drei Tische eines Bistros voll besetzt, es mangelte nicht an Gelegenheiten zum café au lait. Offensichtlich war das Frühstücken keine Angelegenheit für zu Hause, wie bei uns.

Vor uns auf der Straße war mit weißer Farbe ein Viereck aufgemalt, offensichtlich ein privater Parkplatz. Eine Frau mit einem Mantel bekleidet, unter dem ein langes Nachthemd herausschaute, ein Kopftuch, um die Lockenwickler zu verbergen und einen kleinen Spitz an der Leine, diskutierte auf diesem Platz stehend mit einem Mann in Pyjamahosen und Lederjacke, zwei silbergraue Pudel an einer roten Leine und drei baguettes unter dem Arm. Das war ein reserviertes Stück der Straße, das als Hundetoilette offiziell ausgewiesen war, hier „durften sie ..." Offensichtlich waren die zwei Tische dieses Bistros unbesetzt geblieben, weil die Pariser den Sinn dieser Plätze kannten.

Der Milchkaffee war heiß, die Croissants frisch, und der Bahnhof "konnte gar nicht so weit weg sein." Die Hunde waren mit ihren Besitzern abgezogen. Mit lautem Geräusch kam ein Motorrad neben diesem Platz zum Stehen, der Motor lief weiter. Auf dem Soziussitz war ein Aufbau - ein Wassertank mit Schlauch - und ehe wir uns versahen, spritzte der Mann den Platz sauber, alles verschwand schaumgekrönt in dem Abflußschacht. Der Wirt kam schnell aus dem Bistro, ich glaubte, wutentbrannt. Unsere Hosenbeine waren naß, der Zuckerstreuer umgefallen, der zweite café au lait umgekippt als wir, angesichts der Dusche, von unseren Stühlen aufsprangen. Le patron, colère? Pourquoi? Er hatte ein Glas Wein in der Hand für den fleißigen Straßenreiniger. Verärgerte Gäste? Mon dieu, die kommen sowieso nicht wieder! Und da es „zum Gare du Nord gar nicht so weit weg sein konnte", zahlten wir und machten uns auf den Weg, die Morgensonne im Rücken.

Wir kamen mit 20 Minuten Verspätung abgehetzt auf dem Bahnsteig an, und Igor kam uns lachend entgegen: "Habt Ihr Euch auf den untrüglichen Orientierungssinn von Volker verlassen und auf diese Weise halb Paris kennengelernt?"

Jacques Dutronc wußte viel von der Stimmung einzufangen, als er diese Zeit besang, wenn Paris erwacht.

Paris s'éveille, Paris s'éveille …

Ohne Hotelführer

Von einer Messe von Paris kommend, müde von der langen Autobahnfahrt, entschlossen wir uns, in Metz - damals endete die Autobahn an der Stadtgrenze - zu übernachten. Es war ein schwül-warmer Tag, und der Abend hatte auch keine Abkühlung gebracht. Direkt an der Ausfahrt lockte ein Hinweis auf ein Hotel, gleich dort nach einem Zimmer zu suchen. Es war schon nach 22 Uhr, wir traten in den Schankraum, ein einsamer Gast hielt sich an seinem Weinglas fest und kämpfte mit dem Schlaf. Beleuchtung geschätzte 15-Watt-Glühbirne und der Wirt sah aus, als wenn er froh gewesen wäre, der müde Gast hätte um die Rechnung gebeten.

Ja, ja, natürlich hätte er noch ein Zimmer frei, die Reisezeit wäre ja vorbei, wir hätten Glück. Auf Nachfrage, ob man noch etwas zu essen bekäme, da müsse er erst mit seiner Frau sprechen, das Personal wäre um diese Zeit nicht mehr da. ‚Hotel', es war einfach eine Kneipe mit Fremdenzimmern. Mit der Siegesmeldung, seine Frau wäre bereit, Eier mit Speck zu braten, als Nachtisch wäre ja ein gutes Eis immer empfehlenswert.

Mit leerem Magen klingt einem alles nach „Himmlisch' Manna", unsere Müdigkeit verringerte sich in Anbetracht solcher Aussichten schnell, der Koffer war in Eile auf das Zimmer gebracht - Bett, Dusche, und Toilette nebenan, alles da. Schon saßen wir in der Kneipe vor unseren Spiegeleiern mit reichlich Speck, knackiger Baguette, kühlem Bier — herrlich. Die Tür hinter der Theke öffnete sich einen Spalt, ein Mann im Unterhemd und Unterhose führte mit dem Wirt ein kurzes Gespräch, der Wirt Griff in ein Regal hinter sich, reichte dem Gast etwas und die Tür schloß sich, bis bald darauf eine Frau mit Lockenwicklern im Haar und langem Nachthemd flüsternd mit dem Wirt sprach und auch etwas aus dem Regal bekam.

Bettreif gesättigt beschlossen wir, vorsorglich 2 Flaschen Vittel mit nach oben zu nehmen; offensichtlich wird man vor dem Einschlafen von Durst gequält, wir haben gleich vorgesorgt. Jetzt aber schnell zuerst eine Dusche, Fenster auf, frische Luft herein. Vor dem Fenster plätscherte ein Rinnsal, ein Bach, zu sehen war nichts, es war ja Mitternacht inzwischen. Ich saß auf der Bettkante in Erwartung der freiwerdenden Dusche, ein kalter Wasserstrahl traf mich ziemlich heftig. Helmut versuchte, den Duschvorhang zuzuziehen, vergebene Liebesmüh. Der schmuddelige Plastikvorhang hatte nur zwei Ringe, an denen er befestigt war, die Löcher der Dusche waren verkalkt, und nur an der Seite kam das Wasser heraus. Jemand hatte offensichtlich versucht, die durchlöcherte Unterseite von der Dusche abzuhebeln. Natürlich war es möglich, sich mit dem überraschenden Ergebnis einen kalten Schwall Wasser über den Körper laufen zu lassen. Auch ich unterzog mich anschließend dieses Abenteuers, eine kleine Abkühlung wurde es schon. Resultat: Bett naß, Fußboden naß, nur ein Handtuch für beide zu Verfügung. Jetzt meldete sich die Müdigkeit, endlich schlafen, vorher aber schnell noch reichlich getrunken, wir hatten ja vorgesorgt.

Kaum eingeschlafen, schreckte ich hoch. Helmut stand im Bett, schlug um sich, klatsch, klatsch, auch ich begann mich zu kratzen. Das Zimmer war voll von Stechmücken, sie kamen alle aus dem Tümpel vor unserem Fenster. Das romantische Plätschern kam von einer Anlage im Nebenhaus; dort wurde etwas hergestellt, das über Nacht gekühlt werden mußte.

Nun war es Helmut, der in Unterwäsche im Haus den Wirt suchte, um von ihm eine Dose Mückenspray zu verlangen.

Gegen morgen fielen wir in einen Tiefschlaf. Lange kratzten wir an den Stichen, und das ‚Hotel' in Metz bekam von uns 3 Sterne

KRATZ – KRATZ – KRATZ

Gegenüber ist es besser

1967

Einer langwierigen Beratung mußte ich mich in einer mittelgroßen französischen Stadt in Grenznähe unterziehen. Die Termine waren meist auf den Nachmittag gelegt und jedes Mal galt es sich einen Parkplatz für das Auto zu suchen. Mit der Zeit stellte sich heraus, daß das lange Suchen meist zeitraubend war, so stellte ich mein Auto bald nach der meist lässigen Grenzkontrolle in der Einfahrtstraße zum Zentrum ab. Von Vorteil war, daß an dieser Straße einige Bistros und Cafeterias lagen, wo ich meine Wartezeit bis zum Termin verbringen konnte.

Meist landete ich in einer Kneipe mit einem leutseligen Wirt, von dem man so einiges Kurioses aus der Stadt erfahren konnte. Während wir so quer durch den Gastraum diskutierten, die Tische waren kaum besetzt, kam ein Mann herein, tippte sich nur mit einem Finger an seine Baskenmütze, ging an dem Schanktisch vorbei direkt zu den Toilettenräumen, in Frankreich war meist dort in einem Vorraum das Telefon angebracht. Während der Wirt an der Kaffeemaschine mit Geklapper eine Tasse bereitstellte, kam der Mann mit schnellen Schritten in den Raum zurück, legte etwas Metallenes auf den Tresen und stürmte wortlos hinaus.

Bei weiteren Besuchen dieser Kneipe wiederholte sich das eigenartige Verhalten dieses Gastes noch einige Male ohne Wort und ohne etwas zu trinken, es war wie eine Choreographie, die man wortlos zur Kenntnis nahm.

Eines Tages hatte ich Gelegenheit, den Wirt zu fragen, was es mit diesen Kurzbesuchen des Mannes auf sich hatte.

Dieser Mann hatte auch eine Kneipe, sie lag schräg gegenüber. Die Gäste seiner Kneipe waren meist algerische oder nordafrikanische Bergarbeiter, die dort mit der Zeit ihren Stempel aufgedrückt hatten, so daß der Besitzer es vorzog, bei der Konkurrenz gegenüber auf die Toilette zu gehen. Er hatte es klipp und klar dem Besitzer gesagt: "Jérôme, bei mir ist es einfach zu schmutzig!"

Klare Worte von Mann zu Mann.

Ferien an der Adria

1965

Wegen zu stürmischer Winde ließen wir unser Segelboot geankert, in der Nähe hatten wir unseren Wohnwagen hingestellt, eine Steilküste führte hinunter zum Meer. Wir hatten auch bald eine Gruppe junger Italiener gefunden, die mit Peter und den beiden Mädchen einige Segeltörns unternahmen, so wurden auch einige Regatten geplant. Plötzlich aufkommender Sturm ließ Peter unruhig werden, war das Boot auch fest genug vertäut? Da kamen einige Segelfreunde den Steilhang hinauf und riefen Peter zu, unser Boot hätte sich losgerissen, sie wollten helfen, es wieder zu ankern. Schnell verschwand die Gruppe hinunter zur Anlegestelle unseres Bootes. Durch die unruhige See hatte sich der Anker losgerissen. Die jungen Männer zogen das Boot wieder an die richtige Stelle, Peter tauchte einige Male nach dem Anker, mußte immer wieder nach Luft schnappen, glücklich hielt er endlich den Anker und Ankerkette in den Händen ... doch wie sah sein Gesicht aus ??? Schmerzverzerrt faßte er sich ins Gesicht. Er war in Berührung mit einer Qualle gekommen, durch die aufgewühlte See waren sie an das Ufer gedrückt worden. Eine bei Badenden gefürchtete Situation. Es sind regelrechte Verbrennungen, schmerzhaft, brennend und kaum im Moment zu behandeln. Um das Boot kümmerten sich weiterhin die jungen italienischen Segler, Peter legte sich im Vorzelt unseres Wohnwagens auf eine Liege.

In der Nähe zeltete ein Sanitäter aus Deutschland, er übernahm fachmännisch die Behandlung. Auf den Campingplätzen herrscht meistens eine großartige Kameradschaft. Es dauerte Tage bis wir wieder zu Ruhe kamen.

Die jungen Segler wollten uns ihre Heimat zeigen, so fuhren wir mit ihnen in die Altstadt von Pescara, verwinkelte, steile Sträßchen. Unten in den alten Häusern, der Stall für die Esel, darüber meist das einzige Zimmer mit Betten und Kochgelegenheit, keine Möglichkeit zum Durchzug, stickige Luft. Vor der Tür spielte sich das halbe Leben ab, auf Stühlen saß dann die Familie nach dem glühend heißen Tag in der „Kühle " der Nacht.

Vor den Häusern fielen mir einige größere Autos mit deutschen Kennzeichen auf. Es waren keine Feriengäste, es waren die Autos der Väter oder Söhne, die als „Gastarbeiter" damals in Deutschland arbeiteten.

Um einige Tage ohne Segeltour von Bucht zu Bucht Interessantes zu entdecken, mieteten wir ein Doppeltretboot, um in Ruhe an der Küste der Adria entlang zu fahren. Jetzt hatten wir Muße, um Einzelheiten zu sehen. Da sonnte sich eine größere Gruppe in einer Bucht total nackt, ihr Boot lag am Strand, sie waren „unter sich."

Langsam machten wir uns auf die Rückfahrt. Das Vorwärtskommen war ja wie in Zeitlupe, Wortfetzen brachte uns der Wind vom Strand, wir sahen viele junge Leute, die an bereitgestellten Tischen Pingpong spielten, andere versuchten, nach einer schwer zu hörenden Musik zu tanzen, ein Ball flog in die Menge, Lachen, Kreischen, Schreien. Alle diese Lautfetzen hörten wir zwischen dem Glucksen des Meeres unter unserm Tretboot.

Da - ein Knall, Schreie. Ich kann inzwischen auch meine Töchter innerhalb dieser Gruppe ausmachen. Inmitten des Geschreis wird Ursula von einem Mann aufgefangen, auf einen Tisch gelegt, viele beugen sich über sie. Ein Boot am Strand wird von vielen untersucht, etwas offensichtlich gesucht, Schreie, eine Gruppe läuft in Richtung Restaurant. Alles in Panik und wir sehen das alles wie im Stummfilm, ohne an den Strand zu können, da nützt auch schnelleres Treten nichts.

Verbotenerweise fischten einige Fischer nachts mit Dynamit, sie stahlen es aus den Beständen der Verwaltung der Kiesgruben, in denen sie meistens auch tagsüber arbeiteten. In diesem Fall hatte ein Fischer in seinem an den Strand gezogenen Fischerboot einen Rest des Dynamits versteckt. Im Trubel, und mutig vor der Gruppe der Feiernden, lief ein junger Mann unter dem Johlen der Kameraden zu dem Fischerboot, kroch hinein und sich Mut machend beteuerte er, er würde sicher noch Dynamit finden, es sollte über dem Meer ein kleines Feuerwerk zu sehen sein. Natürlich liefen ihm alle hinterher, da knallt es auch schon. Bei dieser Geschichte verlor er zwei Finger seiner Hand. Diese klatschten blutverschmiert an Ursulas Wange, sie verlor das Bewußtsein und jemand legte sie auf den Tisch, in der Annahme sie sei verletzt, ihr Gesicht war blutverschmiert. Krankenwagen und Polizei kamen.

Inzwischen waren wir auch das Tretboot losgeworden und kümmerten uns um alles, so gut es ging. Der halbe Campingplatz stand inzwischen um die Unfallstelle herum, Eltern nahmen ihre Kinder zu ihren Zelten, und lange verstummten die aufgeregten Schilderungen nicht. Der verwundete junge Mann hatte einen Einberufungsbefehl zum italienischen Militär für die nächste Woche. Nun lag er im Krankenhaus. Die Gruppe sammelte Geld und als sie ihn in Ancona besuchten, schenkten sie ihm ein Kofferradio.

Es wurden in dieser Zeit viele Freundschaften geschlossen, die jungen Leute lernten im Gymnasium auch Deutsch als Fremdsprache, sie wollten ihre Kenntnisse aufbessern und versprachen, in deutscher Sprache ihre Briefe zu verfassen. Der erste Brief, den Ursula von Giorgio bekam, begann: „Liebe Ursula, heute erging ich mich in den Gärten unserer Väter ..."

So wenig an das Leben angepaßt, war das Vokabular der Fremdsprachen, mein gelerntes Schulenglisch würde sicher auch nur die Lachmuskeln der Engländer reizen.

Venedig sehen ...

etwa 1975

Der Anruf eines Freundes überraschte mich mit der Frage: „ Hast Du Lust, für ein verlängertes Wochenende nach Venedig mitzukommen?" Keine Angst vor dem bekannten Ausspruch: „Ich habe Tickets für den Rückflug mitgebucht." Wer würde da wohl NEIN sagen? Ich hatte diese sehenswerte Stadt schon einmal allein besucht, eine Preisklasse niedriger, meinem Geldbeutel entsprechend. Das Wetter war auch dementspre- chend, Sprühregen und ein kalter Wind. Sie hielten mich aber nicht ab, stundenlang durch diese einmalige Stadt zu streifen und in einer abseits liegenden Cafeteria einen heißen Espresso zu trinken.

Nun erwartete uns das Hotel Danieli. Wer sich nun informiert, stellt fest, daß dies das teuerste Hotel in Venedig mit viel geschichtlicher Vergangenheit ist. Es ist aber auch möglich, wenn nicht gerade „Carnevale" ist oder, oder, oder viele andere Veranstaltungen, die die Preise dementsprechend in die Höhe treiben, also zu weniger interessanten Zeiten, ein Ho- telzimmer normaler Preisklasse zu buchen.

Vom Flughafen mit Motorboot zum Anlegeplatz des Hotels am Seitenarm des Canale Grande. Das Hotel, eigentlich ein „Museum"; jeder hat sicherlich schon einen Film gesehen, der in diesem Ambiente spielt, genau dort an der Rezeption oder in einem der prunkvollen Aufgänge oder Säle. Unser Zimmer im zweiten Stock, Fenster zum Seitenkanal, aber auch das Treiben auf dem Canale Grande noch einsehbar.

Die Tage vergingen schnell, es gibt so viel zu sehen, von der berühmten HARRY'S BAR, wo Hemingway seine Cocktails schlürfte und viele Bekannte und Namenlose es ihm gleich taten, bestaunten wir die vielen geschichtsträchtigen Gebäude, oft im Halbdunkel, muffig. Viele an den Häusern entlang führende Gehstraßen zerkrümelt, mit Brettern zum Teil abgedeckt, um nicht in ein Loch zu treten. Der gesunkene Wasserstand der Kanäle gibt die modrigen Grundmauern der Häuser frei. Auch die Sonne, die sich in dem vielen Gold der Lampen und Dekorationen der alten Häusern spiegelt, macht einen verstaubten Eindruck. Ein MOLL liegt über allem. Berühmte Dichter schrieben von Dekadenz, es überkommt einen ein schauriges Lebensgefühl. Alles, was zu verschiedenen Zeiten über Venedig geschrieben wurde, paßte auch zu den Tagen unseres Besuches. Der Markusplatz, ein Geflatter unzähliger Tauben, die verwöhnt vom reichlichen Futter der Touristen schon mit aggressivem Anflug zeigen, wer hier das Sagen hat, die spitzen Schreie der Frauen und das Kreischen der Kinder, die die sich zum Aufpicken niedergelassenen Tauben mit Geschrei und Armfuchteln immer wieder vertreiben. Offensichtlich kommt jeder auf seine Kosten.

Müde im Hotel, verlangte es einen nur nach einem Bad. Die Installation war „überprächtig", nicht gleichbedeutend mit praktisch. Verschnörkelte Griffe, supergroße Badewanne, Marmor als Sinnbild von Luxus, aber ein Bad versprach Entspannung nach dem langen Fußmarsch. Hanno richtete sich, wie immer, auf einen längeren Aufenthalt in der Badewanne ein. Ich spielte „Posten Ausguck" am Fenster, es war reger Gondel- und Motorbootverkehr. Direkt unter unserem Fenster war der Hintereingang, die Anlegestelle für die Boote, die zum Teil auch die Gäste, aber überwiegend das Gepäck zum Hotel brachten. So mancher Gast, der mit teuren Koffern angereist war, wäre beim Zusehen einiger akrobatischer Manöver beim Ausladen blaß geworden. Auch bei teuren Hotels gilt die Devise "Was ich nicht weiß ... "

Allmählich meldete sich mein Magen, und ich ging auf die Tür des Bades zu. Diese öffnete sich, ich wollte gerade sagen: „Es wurde aber allmählich Zeit", da verließ eine ältere Frau mit Schürze und Kopftuch das Bad, sagte „pardonne" und verließ das Zimmer. Natürlich vollkommen verblüfft, erwartete ich eine Erklärung, mir war schon klar, das dies jemand vom Personal gewesen sein mußte. Es klärte sich so: an der Wand des Bades hing bis zur Griffhöhe ein handbreites Band herunter, weiter oben ein Hinweis, den man aber nicht mehr lesen konnte, wenn man bereits im Badewasser saß. In Italien ist oder war es üblich, sich zum Rückenwaschen eine in jedem Hotelflur zu diesem Zweck sitzende Frau, durch Ziehen an diesem Band zu rufen. Versehentlich hatte es Hanno berührt.

Es wurde ein schöner Abend. In einem typischen italienischen Familienlokal nahm uns der „patrone" unter seine Fittiche und wir lernten von ihm, von der Speisekarte Gericht nach Gericht zu bestellen, so daß immer wieder an die gleichen Tische gerufen wurde, um den nächsten Gang zu bestellen, je nachdem, wie sich der Appetit entwickelt.

Der letzte Tag in Venedig ermüdete nicht weniger und das heiße Bad verlockte zur Erquickung. Hanno verschwand im Bad und ich hing wieder am Fensterbrett, sah dem Kommen und Gehen zu, hatte wohl auch mit der Zeit die Augen dabei müde zugemacht. Von unten her ertönten Rufe, Schreie. Ich schaute hinunter auf den Kanal - ein dicker Schaumteppich löste sich gerade von der Wand neben der Anlegestelle, die Männer in den Booten suchten den Grund. Der Schaum kam unter dem Fundament hervor, wurde größer und verteilte sich über den Kanal. Nichts Gutes ahnend stürzte ich ins Bad. Hanno saß in einer Badewanne voller Schaum, das Wasser war schon abgelaufen, nur den Schaum konnte er nicht ausspülen, ohne immer wieder mit neuem Wasser nachzuspülen. Die am Badewannenrand aufgereihten Schaumbadfläschchen hatte er wohl allzu reichlich benutzt und durch das mit starkem Druck in die Badewanne sprudelnde heiße Wasser richtig aufgequirlt. Der Hausmeister ging wohl von einem Abwasserrohrbruch aus. Am Hintereingang herrschte noch längere Zeit Aufregung.

Als wir schon bereit waren, um uns ein gutes Restaurant für den Abschied von Venedig zu suchen, klopfte der Hausmeister an die Zimmertür und fragte diskret, ob er etwas im Badezimmer kontrollieren dürfe. Zum Glück war aber von den Schaummassen nichts mehr zu sehen. Es habe einen mysteriösen Vorfall am Kanal gegeben.

Mit Hanno war das meist so eine Sache. ... Bella Venezia addio.

Hotel Danieli / Palazzo Dandolo

Riesen-Unwetter über Nairobi

etwa 1985

Anfang April war ich in Kenia, wieder einmal, bezaubert von Klima, der Landschaft und der großen Zahl von wilden Tieren. Die Ferienzeit war vorüber, ein Taxi brachte mich nach Mombasa. Um zu meinem Flugzeug nach Frankfurt zu kommen, mußte ich mit einem Inlandflug nach Nairobi. Ein recht wackliger Flug mußte absolviert werden, im Zentrum von Kenia herrschte ein großes Unwetter; der Regen peitschte, Blitze und Sturm ließen den Flug recht ungemütlich werden. Abseits von den großen Maschinen landeten wir. Sehr viele Riesenmaschinen standen an der Seite des Gebäudes, ich rumpelte mit vollgepacktem Trolly mein Gepäck in das Hauptgebäude.

Auf der Suche nach einem ruhigen Aufenthaltsort landete ich in einem abgelegenen Warteraum, kein Restaurant, aber mit einer kleinen Kaffeebar, genügend für über zwei Stunden Wartezeit. Unweit von mir saß ein jüngerer Mann auf einer Bank, seinen großen Rucksack neben sich, drei große Sporttaschen auf dem Boden; wohl jemand, der Kenia als Tramper bereiste. Als ich aufstand und ihn ansprechen wollte, sagte er: „Sie sind Deutsche und suchen jemanden, der auf ihr Gepäck aufpaßt? Ich habe dasselbe Problem." Bald wurde unsere Unterhaltung richtig angeregt. Er erzählte von seiner Zeit, als er als Taucher bei der Bundeswehr gedient hatte und nach seiner Entlassung, nach einem Urlaub in Kenia, im Land blieb. Schon einige Jahre betrieb er, mit Hilfe junger, sportlicher Kenianer einen Zierfischhandel; nach den Fischen ließ er gezielt tauchen und hatte überwiegend in Deutschland seine Abnehmer. Im Moment war er auf dem Weg nach Frankfurt, eine große Zierfischmesse fand dort statt. In seinen drei Sporttaschen hatte er stabile Plastikbeutel mit seinen besten Exemplaren und konnte sie nicht aus den Augen lassen. Wir warteten auf dasselbe Flugzeug, es kam aus Kapstadt; einige Passagiere, auch wir, wollten hier in Nairobi zusteigen.

Das wichtigste Problem war nun erst einmal, eine Toilette zu suchen. Gut, ich ließ ihn zuerst gehen, er sprach fließend Englisch und sollte sich bei der Gelegenheit auch nach Einzelheiten zum Weiterflug erkundigen. Dringend wartete ich auf seine Rückkehr. Der Raum füllte sich bedrohlich schnell mit den verschiedensten Reisenden, Familien mit schreienden Kindern, Körbe über Körbe als Gepäck, einige weißgekleidete Schatten sah ich in den weiten Fluren laufen. Es war über eine Stunde vergangen, mein Kumpel war noch nicht wieder zurück, mir trat aus verschiedenen Gründen allmählich der Schweiß auf die Stirn. Ich saß längst nicht mehr allein an dem großen Tisch, in allen Sprachen wurde um mich herum aufgeregt gesprochen und geschrieen.

Endlich schob sich mein Kumpel durch die Menschenmenge auf mich zu. Neuigkeiten über Neuigkeiten. Zwei Riesen-Jets mit Pilgern auf dem Weg nach Mekka zum jährlichen Haddsch sind hier gelandet, wahrscheinlich wegen der zwei Tage dauernden Unwetter und Turbulenzen über Westafrika. Mehr als tausend weiß gewandete Moslems verstopfen das ganze Flughafengebäude, dazu Passagiere, die mit anderen Zielen auf ihre Flugzeuge warten. Dazu erfuhr er, daß unser Flieger wetterbedingt mit Verspätung in Nairobi landen wird. Hier kommt es dann zum Wechsel der Crew. Dieses Flugpersonal übernachtet normalerweise in einem 40 km entfernten Hotel und wird mit einem speziellen Personalbus, mindestens zwei Stunden vor Beginn ihres Einsatzes, hergebracht. Durch die vorangegangenen Unwetter sind durch Überflutungen zwei wichtige Brücken überschwemmt worden, die wenigen befahrbaren Umwege auch durch Hochwasser unpassierbar. Die telefonische Verbindung der Crew zum Flughafen nur sporadisch - wir haben ja das Jahr 1985, portable Telefone gab es noch nicht.

Diese Neuigkeiten hat mein Kumpel erfahren, weil er als Vielflieger oft mit dem Flughafenpersonal zu tun hat, vor allem wegen der notwendigen Genehmigungen für den Transport seiner Taschen mit den Fischen als Handgepäck. Die Fische sind sehr empfindlich gegen Stöße, brauchen gleichbleibende Temperatur des Wassers und genügend Sauerstoff im Wasserbeutel.

Als erstes schoben wir meinen Gepäckwagen und seinen Rucksack in den Gang hinaus. Wir bogen zu einem Personaleingang ab und ich wurde, wegen der Notlage auf allen offiziellen Toiletten, auf eine Personaltoilette gelassen. Auf den anderen Toiletten herrschte das Faustrecht. Die Pilgerinnen hatten ihre Schuhe vor der Toilettentür ausgezogen und kämpften nun in dem großen Sanitärraum rund um die Toilettenkabinen und Waschbecken um Plätze für ihre vorgeschriebene Fußwaschung vor dem Gebet. In den Toilettenbecken wurden die Füße gewaschen, selbst hoch zu den Waschbecken wurden von den Jüngeren die Füße gehoben. Ich sah zwei ältere Frauen in Rollstühlen, die sich von ihrem Personal diese Arbeit abnehmen ließen. Nur mit Mühe konnte ich die Eingangstür etwas aufdrücken, um einen Blick hineinwerfen zu können. Eine andere Welt hatte hier das Sagen. Da die Mehrzahl der Pilger Männer waren - die

Kämpfe auf der Herrentoilette konnte man sich ausmalen.

Eine laute Durchsage forderte zusteigende Reisende in Richtung Frankfurt dringend zum Einchecken auf, die Maschine war schon gelandet und die inzwischen eingetroffene Crew machte den vorgeschriebenen Check. Endlich war ich mein Gepäck los. Mein Kumpel trennte sich von mir und ging seine geheimnisvollen Wege mit den Sondergenehmigungen, um später im Flugzeug da sitzen zu können, wo er seine Taschen und sein Handgepäck auf dem Boden zu seinen Füßen stellen konnte. Ein „Tschüss", zwei Zettel mit den Adressen wechselten die Besitzer und dann ging es den langen Tunnelgang zum Flugzeug, voll mit Reisenden aus Kapstadt, einige freie Plätze warteten auf Zugestiegene, so quetschte ich mich zwischen vom Schlaf Aufgeschreckte auf meinen zugewiesenen Platz.

In Frankfurt landete die Maschine mit mehr als 2 ½ Stunden Verspätung, die ich in unbequemer Haltung verschlafen hatte.

Kwaheri Kenia – Auf Wiedersehen Kenia

Ich wollte nur meine Sendung im Fernsehen sehen

1975

Es war ein Abend auf Hotelsuche an der Mosel, vor mir noch ein Termin kurz vor Ladenschluß eines Optikers. Ich hatte eine wenig bekannte französische Brillenkollektion für ein größeres Gebiet Westdeutschlands übernommen, es wurde harte Aufbauarbeit. Nun war ich zum zweiten Mal in diesem Ort an der Mosel. Es hatte nicht so erfolgversprechend begonnen. Bei meinem letzten Besuch hatte ich mit einem älteren Herrn gesprochen, er vertröstete mich: "Kommen Sie bei Ihrer nächsten Tour vorbei, dann schaue ich mir die Kollektion unverbindlich an." So klingt eine höfliche Absage - Vertreterpech.

Ein Hotel fiel mir gleich auf: Neubau, versprach moderne Installation und Stil. Ja, ich konnte noch ein Einzelzimmer bekommen. Ich fragte nach einem Fernseher. Anfang der 70-er Jahre kannte man noch nicht den Luxus, in jedem Hotelzimmer ein Fernsehgerät vorzufinden. Der Besitzer kam an die Rezeption, er versicherte mir, im Nebenzimmer des Speisesaals stünde ein modernes Gerät. Im weiteren Gespräch betonte ich, meine Sendung heute Abend nicht verpassen zu wollen. „Wann beginnt denn Ihre Sendung", fragte er. Ich erwiderte, ich würde nach dem Abendessen im Restaurant nach 20 Uhr dann meine Sendung anschauen. Der Chef war sehr freundlich, es würde keine Probleme geben.

Der Besuch beim Optiker lief anders als ich es mir erhofft hatte. Mit meiner Kollektion im Spezialkoffer stand ich erwartungsvoll im Laden, eine blonde junge Dame kam auf mich zu, ich berief mich auf mein Gespräch beim letzten Besuch, ... "Ihr Vater wollte sich die neuen Brillen ansehen ...." "Welcher Vater !!! Der Herr, den Sie gesprochen haben, ist mein Mann. Sie kommen ungünstig. Zur Zeit haben wir mehr Vertreter im Laden als Kunden." Der ältere Herr war also ihr Mann, jetzt war ein weiteres Gespräch nicht mehr möglich. Ich hatte mir mit meinem Fauxpas weitere Kontakte vermasselt. Mir blieb für diesen Abend nur noch ein gutes Abendessen als Trost.

Im Hotel hatte sich etwas verändert. Der Besitzer wich mir nicht von der Seite. "Gnädige Frau," auf einmal. "Damit Sie in Ruhe Ihr Programm heute Abend nach 20 Uhr sehen können, habe ich mir erlaubt, das Fernsehgerät aus meinem Büro in Ihr Zimmer zu stellen. Wir alle sehen diese Sendung auch sehr gerne, ganz modern, sehr amerikanisch ... !" ??? Er hatte sich also informiert, was nach 20 Uhr angeboten war und hatte seine Schlüsse gezogen, nachdem ich von "meiner Sendung" gesprochen hatte.

Die Sendung, die ich als "meine" bezeichnet hatte, war die damals sehr beliebte "Klimbim", mit Ingrid Steeger und Elisabeth Volkmann als eine erste deutsche Sketch-Reihe mit viel Klamauk, alle Darsteller total überschminkt, kaum zu erkennen, der Text war auch für deutsche Fernseherohren gewöhnungsbedürftig. Nach dem Abendessen im Restaurant verzog ich mich auf mein Zimmer vor den bereitgestellten Fernseher. Ich fand die Sendung witzig, es gab nichts Gleichartiges.

Morgens an der Rezeption wurde der Chef gerufen. Ich bedankte mich für das Fernsehgerät, es wäre sehr aufmerksam von ihm gewesen usw. usw. Inzwischen waren einige junge Mitarbeiter aufgetaucht mit einem Block in der Hand: "...

bitte, bitte ein Autogramm, das können Sie uns doch nicht abschlagen …" Ich wehrte mich so gut es ging, ich konnte ja nicht mehr sagen, als daß ich nicht Elisabeth Volkmann war. Sie beteuerten, sie hätten mich gleich erkannt, als ich vom Fernsehen sprach. Eine junge Frau hatte eine Fernseh-zeitschrift in der Hand; aufgeschlagen war die Seite mit einem Foto aus der Serie. „… nein, nein, es tut mir leid, ich bin nicht Elisabeth Volkmann!" Ich rettete mich zu meinem Auto. Zu der Gruppe hatte sich noch ein Mann im weißen Kittel dazugesellt, die enttäuscht meinem abfahrenden Auto nachschauten.

Nie hätte ich mir vorstellen können, mit dieser älteren, spleenigen Darstellerin verwechselt zu werden.

Wer kennt die Beach Boys nicht?

Auf der Suche nach einem Song der Beach Boys kam ich vor langen Jahren in eine nach bürgerlichen Maßstäben peinliche Situation. Was trieb mich, eine Frau mit zwei fast erwachsenen Töchtern, mit einer solchen Vehemenz nach einem Tonband dieser Gruppe zu suchen? Die Songs waren neu, die Gruppe allen jungen Leuten längst bekannt, irgendwo hörte ich eine kurze Passage, die in Erinnerung blieb. Da ich nicht so auf dem Laufenden bei dieser Musik war, bei französischen Chansons war ich à jour, Barbara hörte den ganzen Tag den Sender „Salut les copains". Kaum wurde ihre Zimmertür geöffnet, fühlte man sich im Konzertsaal bei einer live Plattenaufnahme; auch wenn die Tür geschlossen war, es gab kein Entrinnen, man wurde mit Musik betankt. Der amerikanische Sound war bei uns nicht so beliebt, zu laut, zu grell die Interpreten; zuletzt setzten sie sich aber durch, die Werbung stand nur unter amerikanischem Einfluß.

In jedem Kaufhaus war es damals üblich, die Kundschaft mit Musik zu berieseln, Psychologen arbeiteten die Pläne für jeweilige Branchen aus. Vor allem durfte der Takt nicht zu schnell sein, der Kunde würde ‚sich anpassend, sich zu schnell zwischen den Angeboten bewegen und somit weniger schauen und kaufen. So bekam ich nur selten die Beach Boys zu hören, wenn aber, dann machte ich mich sofort auf, nach dem Büro zu suchen, die diese Musik steuerte. Auf wenig Verständnis stieß ich mit meinen wirren Fragen, „Kassette ansehen, warum? Kaufen Sie sich doch eine, Sie kennen nicht den Namen der Sänger ? ? ? Na, hören sie mal … !"

Mit einer Bekannten hörte ich aus einer offenstehenden Tür eines Lokals einige der gesuchten Töne - „den Wirt sprechen? Wir haben noch nicht geöffnet, Tischbestellungen nehme ich gerne schon jetzt an."

Ich fing gar nicht erst an, nach der eben abgespielten Kassette zu fragen, wollte aber abends mit meiner Bekannten dort essen gehen. Die Einladung hätte ich mir sparen können. Diese Musikkassette wurde den ganzen Abend nicht abgespielt, der Wirt hatte keine Zeit, das Essen war gewöhnungsbedürftig, zu teuer und so viel Gemeinsamkeiten für längere Gespräche hatten meine Bekannte und ich auch nicht. Ich aß mit gespitzten Ohren, um durch das Gemurmel der Gäste die ersehnten Klänge herauszuhören. Ein ganz spezieller Refrain dieser Sänger war wie ein Virus in meinem Ohr.

Eine gute Idee schien mir, es im Schallplattengeschäft zu versuchen, immerhin war ich dort keine unbekannte Kundin. Endlich war der jüngere Verkäufer frei, er hörte mir zu, schwierig ohne einen Hinweis, bekannte Sänger die jetzt „in" sind, die Regale sind voll. Etwas abseits von den Kunden versuchte ich, ihm das Wesentliche dieses Refrains mit dem üblichen la la la vorzusingen. Er machte sich die Mühe, einige CDs aufzulegen, eine bestimmte Stelle anpeilend - nein, das klang anders. Vielleicht waren es die Soundso, ich wußte es ja nicht. Also fürs Erste vielen Dank, wenn ich mehr weiß, komme ich wieder.

Ich wohnte damals in Saarbrücken und da spielte sich auch meine Suche ab. Mit einer kleinen Einweihungsfeier wurde in den Tagen eine vielversprechende, hochmoderne öffentliche Toilette an der Seite eines stark frequentierten Parkplatzes eingeweiht. In der Zeitung wurde über die Auswahl dieses Modells berichtet - in Frankreich auf einer Sanitärmesse gesehen und von der Stadt Saarbrücken für diese Stelle am Beethovenplatz gekauft. Es gehörte Mut dazu, sie zu betreten. Halbrund, mattes Aluminium, eine halbrunde, beim Nähern sich automatisch öffnende Tür, lattenrostartiger Boden. Zusammengefaßt: nach jeder Benutzung wird das ganze Gehäuse von einem eingebauten Duschsystem gereinigt.

Installiert war ein kleines Waschbecken, Spiegel, Toilettenpapier, natürlich trocken bleibend und weitere Kleinigkeiten; angezeigte Verweildauer 15 Minuten, dann öffnet sich die Tür automatisch - und alles für 50 Pfennig. Ja, ich vergaß, dauernde Musikberieselung. Natürlich wollte ich mir diesen „Louvre" Saarbrückens ansehen. Eine volle Blase trieb mich eines Tages dahin und es war wirklich beeindruckend, was aus einem früher verbreiteten Plumpsklo mit viel Geld entwickelt worden war ... und was hörten meine Ohren, kurz bevor ich fertig war - die ersehnten Klänge!

Ich stand also kurz vor dem Ziel, wußte nun, wo ich sie jederzeit hören konnte.

Den netten Verkäufer im Plattengeschäft suchte ich bei nächster Gelegenheit auf und erzählte ihm von meinem Fund. Er gehörte nicht zu den Verklemmten, die diesen „Ort der Begegnung" ablehnten. So zogen wir beide, bewaffnet mit 50 Pfennig für die Tür zum Serail, taten so, als ob wir technische Kontrolle machten, die Tür natürlich offen, wir warteten und warteten - es kam keine Musik. Bei offener Tür war es wahrscheinlich nicht vorgesehen. Also Tür zu und los ging das Gedudel anderer Melodien; ich versicherte, auf diesem Tonband kommt mein Ersehntes. Endlich, endlich, er nickte mit dem Kopf, da ging die Tür automatisch auf, 15

Minuten waren wohl vorbei. Zwei Frauen standen vor der Tür, entsetzte Gesichter.

Wir tranken noch ein Bier in der Kneipe, und meine Jagd war zu Ende. Die Kassette kaufte ich dann am nächsten Tag, konnte mir diese Melodie zu Hause und im Auto endlos anhören. Jeder der mein … tatatatatatata, düdüdüdülinn … hören würde, wüßte genau: Das ist der Refrain des Songs der Beach Boys!

Empfohlenes katalanisches Restaurant

Etwa 1980

Es ließt sich wie ein Lokalkolorit, wenn ich von unseren ersten Erfahrungen in der Altstadt von Perpignan erzähle. Auf der Suche nach einem guten, preiswerten Restaurant, dann empfohlen von Leuten, die hier schon aufgewachsen sind. Also wirklich nicht an den beginnenden Tourismus angepaßte Gewohnheiten, Katalanen unter Katalanen, preiswert, sauber und typisch. Die uns genannte Adresse führte uns in eine Gasse, nein, noch enger als eine Gasse. Die etwa dreistöckigen Häuser standen sich auf etwa 2,5 m gegenüber. Die Bewohner der oberen Stockwerke konnten sich bei geöffneten Fenstern die Hand reichen, dazwischen Wäscheleinen mit oft tropfnassen Wäschestücken, bunt wie Fähnchen. Sonne schien in diese engen Gassen nicht hinein, die bewohnten Etagen sollten bei den heißen Sommern kühl bleiben. Die Gasse war mit Kopfsteinen gepflastert, zur Mitte abschüssig, damit das Regenwasser abläuft und nach alter Bauweise alle Abwasserrohre an der Außenmauer in Richtung Gasse, aber schon in den unterirdischen Abwasserkanal geleitet. Die Gasse war etwa 20 Häuser lang. Auf jeder Seite hatten zu ebener Erde kleine Krämer ihre engen Verkaufsräume etabliert. Olivenöl von eigenen Bäumen, selbst gepreßt. „Garantiert rein": brauchte damals nicht hervorgehoben zu werden, war das Gepansche etwa damals noch nicht üblich? Ein winziges Fenster wies auf eine Reparaturwerkstatt für Lederwaren hin. Mit meiner Bitte, die etwa 30 cm an meiner Aktentasche aufgesprungene Naht wieder zuzunähen, wäre ich heute wohl als beleidigend rückwärts mit „au revoir, Madame", hinausgeflogen. Damals fragte der alte Mann: „Haben Sie noch eine Kleinigkeit zu erledigen? Es dauert noch etwa 10 Minuten, ich muß erst den passenden Farbton des Fadens suchen, damit die Naht nicht als repariert auffällt." Solche Sorgen machte der gute Mann sich um meine alte Aktentasche, um dann 0,50 Centimes zu verlangen. In diesen Gassen schien die Zeit stehen geblieben zu sein.

Wenn ich an dieser Gasse vorbeiging ... mein kleines Cafè war nicht weit davon entfernt, alles frisch, aber auch sehr eng; trotzdem konnte ich dort jederzeit meine Einkäufe deponieren, um sie dann später mit dem Auto abzuholen.

Als wir eines frühen Abends in die Gasse hineinschauten, sahen wir den Wirt aus dem Haus drei Tische dort abstellen in Erwartung der Gäste. Auf die Frage, ob eine Reservierung notwendig wäre, nein, entrez, entrez. Schnell hatten die Tische bunte Tischdecken, Stühle wurden verteilt und während wir noch standen, hatten wir schon eine Speisekarte in die Hand gedrückt bekommen.

Zwei Hausfrauen mit dicken Einkauftaschen drückten sich an den Hausmauern entlang zu ihren Haustüren. Die eine konnte sich die Bemerkung nicht verkneifen, daß es für das „déjeuner" ein wenig spät wäre. Im Süden kamen meist nur Ausländer so früh in die Lokale. 21.30 Uhr waren erst die Franzosen so weit, um sich im Restaurant einzufinden, in manchen Lokalen wurden auch Gäste, die kurz vor Mitternacht kommen, noch bedient.

So wollten wir uns gemütlich an den Tisch setzen. Ein Versuch scheiterte, die Stuhlbeine waren auf dem buckligen, schrägen Pflaster nicht stabil aufzustellen. Am Tisch konnte man sich schon gar nicht festhalten, da war das Problem der

Stabilität auf dem Untergrund noch gravierender, und es wurde ein für alle sehr „beweglicher Abend", trotz reichlicher Munition zum Unterschieben unter die Stuhl- und Tischbeine in Form von alten Bierdeckeln, zusammengedrückten Gauloises-Zigarettenschachteln und kleinen Kieselsteinen, die in einem Korb an der Wand für alle Fälle bereitstanden. Das war offensichtlich normaler Ablauf des Essens. Mit jedem Gang, mit dem sich der Wirt an Wohlgeschmack der Speise selbst übertraf, den er auch mit viel erklärenden Worten servierte, verschwand sein Oberkörper in Richtung Tischbeine, um mit viel Erschütterung der Tischplatte es noch stabiler zu machen versuchte. Die „Escargots catalans" blieben mir länger als gewünscht in Erinnerung, der wunderbare „Loup de Mer" in Salzkruste war für uns neu und eine Zeremonie; der Duft der „sauce" nach Fenchel, Thymian und weiteren herrlichen Gewürzen ging schon der Verkostung voraus. Der Wirt brachte das ganze Gefäß an einen wackligen Nebentisch, ein flaches Küchenbeil, Messer, große Löffel. kleine Löffel, Küchenhandtücher zum Abdecken der zu zerschlagenden Salzkruste - man glaubte, ein Schlachtfest vor sich zu haben. ... Egal, es war für uns beeindruckend, auch wenn wir dieses Gericht später noch in anderen Fischlokalen gegessen haben, es geht auch ohne dieses Schauspiel. Für die beiden Ausländer hatte der Wirt wieder einmal sein darstellerisches Talent gezeigt. Alles, was serviert wurde, war wirklich köstlich. Ich hatte eigentlich keine Erinnerung mehr daran, was wir eigentlich bestellt hatten. Die Bäuche waren voll, die Rechnung höher, als in Anbetracht der wackligen Möbel zu erwarten gewesen wäre. Fünf verschiedene typische katalanische kleine Gerichte und die „Crème brûlée" und der Expresskaffee folgten.

Nicht vergessen will ich die Geräusche während des Essens. Durch die an den Außenwänden installierten Abwasserrohre rauschte von Zeit zu Zeit gut hörbar Spülwasser der Toiletten, natürlich ohne Geruchsbelästigung.

Ähnliche Gassen habe ich dann in Barcelona und Marseille gesehen.

Relikte aus der Altstadt

So schnell wird man Fußgänger

Oktober 1996

Mit einer langen Liste mit notwendigen Einkäufen, vorher besprochen, dies gestrichen, jenes noch als wichtig hinzugefügt, machte ich mich mit François, einem Nachbarn meines einsam gelegenen Weinbauernhauses in den Ausläufern der Pyrenäen, auf den Weg nach Perpignan. Er war einer, der mit allem technischen know how ausgestattet war und mir mit seinen Reparaturen am alten Haus alles am Laufen hielt. Blanco , meinem Hund, versicherte ich beim Abschied : „Wir kommen bald zurück."

Wie das so geht beim Einkaufen - hier etwas angeschaut, weil man gerade da ist, obwohl man es im Moment gar nicht dringend gesucht hat. So vergeht die Zeit, das Versprechen: „Wir kommen bald zurück," läßt sich schon bald nicht mehr einhalten. Ein Blick auf die Uhr, wo ist die Zeit geblieben?

Zu Hause noch etwas zu kochen, hatte ich natürlich keine Lust, so mein Vorschlag, wir essen noch eine Kleinigkeit in einer mir bekannten Pizzeria, und es klappte auch bei der Suche nach einem Parkplatz, wie reserviert, unter einer Straßenlaterne, für meinen alten, weißer Golf.

Beruhigt und erwartungsvoll kamen wir in das Restaurant. Bon soir, buona sera, aufmerksam und charmant suchte der Wirt uns gleich einen Tisch aus und die Kleinigkeiten nahmen ihren Verlauf. Es wurde, angeregt durch die Atmosphäre und den Wein, doch ein längerer Abend.

Zuletzt addio nach dem Bezahlen, der Wirt bringt uns noch vor die Tür. So, jetzt nach Hause ... aber ... das Auto ... wo ...? Die Laterne steht noch an ihrem Platz, doch wo ist das Auto? Auf der Stelle steht nun ein roter Alpha Romeo, französisches Kennzeichen aus diesem Departement.

Höhepunkt des Abends: zu Fuß mit Alkoholfahne zur Polizei. Wo ist das zuständige Revier? Gut das François dabei war, meine beschränkten Sprachkenntnisse litten unter dem Alkohol. Fragen der Polizei - das Übliche: wo geparkt, von - bis.? Wagenpapiere, Führerschein, Wohnort, Telefonnummer? Resümee: „Wir fahnden und rufen Sie an, wenn der Wagen gefunden ist."

Wir waren entlassen, ohne daß sie Anstoß an unserem Atem genommen hatten. Beim Verlassen des Reviers fragte noch ein netter Polizist, ob er uns ein Taxi rufen solle, ja, ja, bitte, danke, bonne nuit. So endet ein Abend, der als nicht gelungen bezeichnet werden kann.

Nun begann das hoffnungsvolle Warten. Durch Anrufe bei der Gendarmerie hoffte ich, die Recherchen zu beschleunigen. Anruf bei der Autoversicherung, wie sieht es aus, ich brauche ein neues Auto, ich wohne so abgelegen, ohne mein Auto kein Leben ... das haben sie schon tausendmal gehört. Bevor nicht ein Monat vergangen ist, bewegt sich gar nichts. Einem freundlichen, offensichtlich Zeit habenden Beamten bei der betreffenden Gendarmerie, entlockte ich mit meinem Kauderwelsch die Vermutung: auf Grund von Erfahrungen der Autodiebstähle in diesem Gebiet läßt sich annehmen, daß das Auto in Richtung spanische Grenze über weit entlegene, kaum befahrbare Wege in dem Gebirge, wie so viele vorher verschwundene Wagen dann unauffindbar, entschwunden ist .

Da kann man sich ja beruhigt dem Alltag zuwenden ...!

Tränen der Wut nutzen auch nicht. Jedoch an einem sehr frühen Morgen meldete sich die betreffende Gendarmerie:

„Kommen sie bitte vorbei, so bald wie möglich. Das Auto wurde kurz vor der spanischen Grenze in einem weit abgelegenen Teil in den Pyrenäen gefunden. Es droht, in die Schlucht zu stürzen, offensichtlich auch geplant, aber wegen der Steigung des Weges und der Sandbarriere vor dem Abgrund, wegen fehlender Kräfte, ohne Benzin stehen gelassen. Das Heck behindert die Wenigen die dort durchfahren wollen. Angerufene Abschleppdienste sehen eine hohe Rechnung auf Sie zukommen. Kommen sie so bald wie möglich !"

Darauf hatte ich, aber nicht so dramatisch, gewartet. Mit François Auto, umsichtig bestückt mit eventuell benötigten Abschleppseilen, um das Auto zu stabilisieren, suchten wir mindestens eine Stunde, den Ort auf der Landkarte ausfindig zu machen. Ein Liter Benzin mehr im Tank und ich hätte das Auto nie wiedergesehen.

Abenteuerliche Stunden in einer Gegend, die man sonst nicht aufgesucht hätte, sie wurden von Erfolg gekrönt. Wir hatte einen Kanister mit Benzin mitgenommen und langsam zurück vom Abgrund, ein wenig vor, zurück, schon schrammte man mit dem Heck an den Felsen der anderen Seite. Eigentlich ein Weg für eselgezogene kleine Wagen. Bei der Abfahrt sahen wir endlich die Umrisse von Perpignan.

Eine Bestandsaufnahme der im Auto verbliebenen Einkäufe ergab, die Diebe hatten noch keine Zeit gehabt, ihre wahrscheinlich unbrauchbare Beute zu sondieren.

Immer wieder liest man von Empfehlungen, aus gesundheitlichen Gründen mehr zu Fuß zu gehen. Guter Rat, wenn man sein Auto in der Garage stehen hat. …

Zeugin eines beginnenden Dramas

Elne Ende 1991

Mein geparktes Auto gegenüber einem verlassenen Sport-
platz, die Straße wenig beleuchtet, dazu Nieselregen wie
mit Schnee vermischt und ein eiskalter, in dieser Gegend in
Südfrankreich bekannter Wind, der Tramontane.

Ich hatte nach einem schweren Autounfall, der schon
einige Zeit zurücklag, zur besseren Verarbeitung meiner Erinnerung an das Geschehene und die körperliche Beanspru-
chung der zahlreichen Operationen und Krankenhausauf-
enthalte, eine längere Gesprächstherapie bei einer Psychoanalytikerin verordnet bekommen. Lange vermied ich den
Anfang dieser Gespräche. Nun kam ich gerade, aufgewühlt
von den Themen, von einer Sitzung und war auf dem Weg
nach Hause zu meinem Hund Blanco. Vor mir lagen noch 30
km bis zu meiner Mas in den Ausläufern der Pyrenäen. Zur
Entspannung parkte ich am oben beschriebenen Platz, hatte
mir leise Musik von meinem Kassetten eingestellt und saß
im dunklen Auto, während zu dieser Stunde kein einziger
Mensch auf der Straße zu sehen war. Wenn ich die Fenster
öffnete, um kurz frische Luft in den Wagen zu bekommen,
hörte ich immer wieder gedämpfte Aufschreie aus den Häusern, typische Reaktionen von Gruppen von Menschen, die
einem spannenden Fußballspiel zuschauen und mitgerissen
vom Geschehen auf dem Bildschirm reagieren.

Während ich mich mit meinen belastenden Gedanken
beschäftigte, bogen um die Ecke zwei dick vermummte Mädchen. Sie gingen lachend untergehakt und wischten sich
immer wieder die Feuchtigkeit aus dem Gesicht. Natürlich

fragte ich mich, was die beiden wohl aus dem Haus getrieben haben mag, bei diesem Wetter.

Sie verschwanden um die Ecke in Richtung Hauptstraße. Dann kam ein Wagen mit Pariser Nummer auf die Zufahrtsstraße, auf der ich parkte. Er fuhr langsam, als suchte er eine Hausnummer. Einige Minuten später bogen auch die Mädchen wieder auf diese Straße ein, lachend, denselben Weg wieder gehend, als ob sie das Viereck umrundeten, wo ihr Zuhause war. Ich verfolgte dies nur nebenbei, meine Gedanken waren mir wichtiger. Als nun der Pariser Wagen auch auftauchte, neben den Mädchen herfuhr, sie beugten sich zum Beifahrerfenster, wurden offensichtlich etwas gefragt; ich sah sie Kopfschütteln, sich abwenden und ihren Weg fortsetzen, das Auto fuhr im Schritttempo neben ihnen. Ich wurde stutzig, wollte er etwas von ihnen … ? Nach einiger Zeit stiegen sie in das Auto ein, das dann schneller in Richtung Schnellstraße mit ihnen fortfuhr.

Ich hatte selbst zwei Töchter. Solche Situationen stellte ich mir oft vor, wenn sie unterwegs waren. Was sollte ich machen, vielleicht war es ein Bekannter der Familie, alles war möglich. Was könnte ich bei der Polizei, außer einen Verdacht äußern. "Haben Sie irgendwelche handfeste Beweise, die diese Verdächtigung untermauern? Ja, wir hätten viel zu tun, wenn wir jedes mal …"

Ganz klar, fahr nach Hause, der Blanco wird sich freuen, und so machte ich mich in der dunkel werdenden Nacht auf den Weg.

Nach und nach hörte ich von Suchmeldungen, Polizei rief dazu auf, Beobachtungen zu melden, zwei Mädchen, etwa 12 Jahre alt seien verschwunden, verzweifelte Appelle der Eltern. Ich wohnte zu weit weg und las auch keine französischen Zeitungen. Meine Psychoanalytikerin erwähnte diesen Fall, der aber noch nicht weiter aufgeklärt war. Viele Vermutungen, kaum Meldungen von Zeugen, die Wetterlage der von mir vorher geschilderten Nacht ließ auch auf keine handfesten Beobachtungen hoffen. Meine Beobachtung stellte sich auch erst als vieles geschrieben worden war zu dem Fall, als passend heraus. Die Polizei war inzwischen schon weiter, hatte einen Verdächtigen verhaftet, dieser hatte, nach längeren Verhören, alles abgestritten, dann aber gestanden: er habe die Mädchen mitgenommen, sie gebeten, ihm den Weg zu einer Telefonzelle zu zeigen, so seien sie freiwillig zu ihm in das Auto gestiegen. Alles wäre ohne Zwang gewesen, bis er sie zu einer Ferienwohnung eines Freundes in Collioure gebracht habe. Niemand wohnte zu der Zeit in der Ferienanlage, und erst später meldeten sich Zeugen. Was sich in der Ferienwohnung abgespielt hatte, wurde der grauenvollen Einzelheiten wegen nie veröffentlicht. Später, nach der Ermordung der Kinder, versteckte er die Leichen in einer der Höhlen des Cirque de Navacelles, 250 km vom Tatort entfernt. Die Ferienwohnung reinigte er dann, die Polizei konnte aber genug Einzelheiten zu den Szenen in der Wohnung rekonstruieren.

Im Leben wird man oft Zeuge von Situationen, man ahnt ein aufkommendes Drama. Was bleibt, ist Hilflosigkeit.

.

Eine laute Nachtmusik

1980/82

Singe, wem Gesang gegeben, und mir war eine kräftige Stimme gegeben, nicht immer zur Freude meiner Familie.

Mein Bruder wünschte sich von klein auf ein Akkordeon. Das brachte meine Eltern auf die Idee, offensichtliche musikalische Begabung bei ihrem Sohn zu vermuten. Nach Gesprächen mit der Musiklehrerin, die bei uns im Haus zu der Zeit in Kaunas/ Litauen wohnte, riet sie meinen Eltern zu richtigem Musikunterricht. So wurde mein Bruder zum Geigenunterricht verdonnert, mein Talent sollte am Klavier Erfüllung finden. Wir klimperten und fiedelten dann einige Jahre ohne besondere Freude, weder unserer noch der der Musiklehrer, pflichtgemäß weiter. In jedem Fall war das eine Basis für weitere Instrumente.

Der Wunsch nach einem Akkordeon wurde meinem Bruder dann an seinem Geburtstag erfüllt, meine Mutter besorgte es über die deutsche Botschaft, sie arbeitete dort seit Jahren als Dolmetscherin und Referentin. Das Instrument war so groß, ich konnte es nicht halten, ich war ja auch 4 Jahre jünger, jedenfalls war die Zahl der Bässe entscheidend bei der Bezeichnung für die Klangfülle. Er war glücklich und spielte, alles was im Moment modern und gesungen wurde.

Ich bekam einen Trostpreis in Form von einer Handharmonika. Sie war nicht sehr groß, ist auch eine Harmonika mit Blasebalg, basiert aber auf einem anderen System: während man bei der Handharmonika auf Knöpfe drückt und beim Ziehen des Balges und beim Drücken zwei verschiedene Töne erklingen, verhält es sich beim Akkordeon so, daß man beim Ziehen und Drücken denselben Ton erzeugt. Um von einem Instrument zum anderen zu wechseln, muß man richtig umdenken.

Wir verließen Kaunas, ich schrieb schon in einem anderen Kapitel in Einzelheiten davon, waren dann in der Nähe von Posen eingewiesen; mein Bruder spielte mit unverminderter Leidenschaft weiter. Er kam zum Militär und fiel als 19-jähriger in den Sümpfen südlich von Leningrad 1942. Das verwaiste Akkorden wurde nun von mir gespielt, große Könnerschaft habe ich nie erreicht. Ich war aber froh, so konnte ich mir mit den Tönen manchen Kummer von der Seele spielen. Zu den wenigen Dingen, die wir auf der Flucht aus Posen mitnehmen konnten, gehörte natürlich auch das Akkordeon. Der dazugehörende Koffer sah mit den Jahren und den wenig schonenden Transporten sehr mitgenommen aus, mit einem ledernen Gurt wurde er zusammengehalten. Zum Spielen hatte ich wenig Gelegenheit, so kam es auch in meine gemietete Behausung nach Saarbrücken nach der Auflösung unserer Familie.

An einem melancholischen Abend, allein, packte ich das Akkordeon aus und spielte mir das Herz frei. Die Tastatur klemmte etwas, die Töne waren ungenau. Das Akkordeon war verstimmt und ich entschloß mich, es zu verkaufen, an jemanden, der sich und das Akkordeon glücklich machen konnte. Es war das Jahr 1981 geworden, das Instrument inzwischen 42 Jahre alt und nun mit Zwischenstationen etwa 1700 Km gereist.

> EIN IN EHREN ERGRAUTES AKKORDEON, Marke HOHNER,
> sucht einen Käufer, der bereit ist, es zu lieben und die
> Töne braucht für sein seelisches Gleichgewicht.
> Auskunft unter Tel.Nr. ... nach 20 Uhr.

Die Zahl der Anrufer war überschaubar, es war nur ein Mann, der hörbar an Asthma litt. Leider konnte er aus beruflichen Gründen erst spät kommen, er nannte 21.Uhr etwa 21.30. Was blieb mir übrig, ich wartete. Um 22 Uhr dann ein Anruf von ihm, berufsbedingt verzögert sein Kommen, er arbeitet in einem Krankenhaus. Einen Chefarzttypen hatte ich natürlich nicht erwartet, aber der Mann, der dann kurz vor 23 Uhr an meiner Wohnungstür klingelte, ließ bei Quanto, meinem Hund, die Haare sträuben und die Ohren anlegen; mir ging es ähnlich, bis auf das Anlegen der Ohren. Ein ungepflegter Mann, mit wächserner Hautfarbe, über sein verschwitztes Hemd eine schäbige Lederjacke übergezogen, die er gleich auszog, er hätte sich so sehr beeilt und sei dabei ins Schwitzen gekommen.

Das Akkordeon hatte ich ohne Koffer im Wohnzimmer auf den Tisch gestellt, es sollte ja der Mittelpunkt des Gesprächs werden. Der Interessent stellte sich vor, „sagen Sie einfach Aurelius zu mir", ging auf den Tisch zu und schnallte sich das Akkordeon vor die Brust. Zwei Probetöne waren zu hören, dann spielte er in voller Lautstärke komplizierte Tonfolgen, legte beim Spielen seinen Kopf schräg, um genau zu hören wie es klang. Und dann tobte er sich auf dem verstimmten Instrument, trotz nachtschlafener Zeit, mit wunderbaren Melodien aus; ich versuchte mit abwehrenden Händen seinen Soli Einhalt zu gebieten, er spielte und spielte. Quanto war ins Nebenzimmer geflüchtet und Aurelius setzte das Instrument ab. Er ging zu seiner Lederjacke und holte zusammengerollte Geldscheine heraus: "Wieviel soll es kosten, ich nehme es." Wir unterhielten uns noch bis nach Mitternacht, nichts störte ihn bei dem Akkordeon, weder die Mißtöne noch der schäbige Koffer.

Als wir uns dann „beschnuppert" hatten, erfuhr ich, er war Krankenpfleger im Krankenhaus, mit vielen Überstunden, war Sohn einer holländischen Familie, verdiente gut und war froh, endlich ein Akkordeon mit Vergangenheit gefunden zu haben. Die Familie war streng religiös und er Samariter aus Überzeugung. Kurz bevor ich hoffte, ihn bald verabschieden zu können, streiften wir noch das Pflegethema und ich faßte zusammen: „Sie pflegen also kranke Mensch", da meinte er, 'er helfe den Körpern, wenn sie schon weiter sind.' Wie soll ich das verstehen ...? Er hatte sich freiwillig gemeldet, die Toten zu reinigen, zu waschen, bevor sie abgeholt würden, das wäre nach Operationen oft nötig und im Moment war keiner dazu bereit.

Auch Menschen mit dieser Einstellung muß es geben. Ich wußte das Akkordeon meines Bruders in ‚Guten Händen'.

Ich sehe wohl doppelt

1965

Voller Vorfreude auf eine feine Gemüsesuppe fuhr ich in ein Wohngebiet, wo seit einiger Zeit ein sehr gut sortierter Obst- und Gemüseladen eröffnet hatte. Der freundliche Türke hatte zudem auch eine liebevoll dekorierte Auslage, und beim Einkauf konnte man zielsicher in die angebotene Ware greifen und sich das Beste holen. Diese Art war bei den deutschen Händlern noch nicht erwünscht. Die Verkäuferin fragte, wieviel Möhren etwa und tütete diese nach ihrer Auswahl ein. Wenn das Selbstaussuchen jeder machen würde, wo kämen wir da hin? Nun hat sich die Art einzukaufen, wie es in den benachbarten Ländern immer üblich war, auch hier durchgesetzt.

Einen Platz für das Auto zu finden war schwieriger. Direkt an der Kreuzung, eigentlich schon die Fußgänger behindernd, stellte ich schnell den Wagen ab. In dem großen Angebot fand ich bald mehr Gemüsesorten als geplant: Kohlrabi war dabei und kleine weiße Rüben, die in Frankreich in keiner Suppe fehlen sollte; auch losen grünen Spargel bot mir Herr Ali an. Die Tüte in der Hand, schnell zum Auto, die Taschen auf den Beifahrersitz geworfen, Zündschlüssel herein, bevor die Polizei kommt. Der Zündschlüssel klemmte, einige Versuche … schon klopfte ein erboster Mann an die Scheibe, riß die Tür auf, rief „Autodieb!" und zog an meinen Kleidern, um mich aus dem Auto zu zerren. Fußgänger blieben stehen, es gab etwas zu sehen!

Der Fall war bald geklärt. Der tobende Mann und ich hatten den gleichen Peugeot 403, die – selbe Farbe, und er hatte seinen Wagen noch vor meinen gequetscht. Da sein Auto nicht abgeschlossen war, konnte ich problemlos die Tür öffnen. Es gab keine Toten, aber zuerst wilde Drohungen. Mit angelegten Ohren setzte ich mich in mein Auto, er brauste mit seinem davon.

Ein Fall, ICH SEHE WOHL DOPPELT, leider blieb das liebevoll ausgesuchte Gemüse für die geplante Suppe in seinem Wagen auf dem Beifahrersitz liegen. ...

Ich sehe wohl doppelt
1967

Der arme Hund war blaß und brauchte Luftveränderung. Dies war aber nicht der einzige Grund, der meine Tochter und mich verführten, ans Mittelmeer zu fahren, Sonne zu tanken und im Meer zu schwimmen. Schnell waren die Tage vergangen und wir waren auf dem Heimweg. Auf dem letzten Campingplatz am Meer stellten wir den Wohnwagen nicht weit von der Ausfahrt ab, morgens sollte es ja schnell gehen. Während ich die Zutaten für das Abendessen auf den Tisch im Wohnwagen stellte - ein frisches Baguette hatten wir noch im kleinen Kiosk neben der Kasse des Campingplatzes zu kaufen bekommen - und hungrig waren wir in jedem Fall. Von der langen Autofahrt ermüdet und fast in Vergessenheit geraten, meldete sich Quanto, unser Skyeterrier.

Er reklamierte seinen Spaziergang, hatte er doch brav auf der Rückbank während der Fahrt gelegen und gehofft, daß ich eine kleine Pause für ihn mache. Jetzt war es aber dringend.

Es war schon dunkel geworden, als sich Barbara mit ihm auf den Weg machte, an einer langen, elastischen Leine konnte er sich fast frei bewegen, nun nutze er es aus, es gab so viele neue Gerüche, mal links mal rechts. Die Zeit verging, da hörte ich Barbara im Laufschritt kommen. Atemlos mit Quanto an der Leine: "Komm schnell, ich werde verfolgt!"

Einige junge Leute aus einem Zelt waren vorher aufgesprungen als sie vorbeiging, miteinander tuschelnd liefen sie ihr nach, sich immer wieder hinter Zelten versteckend, sich immer etwas zurufend. Was wollten sie? Wenn sie sich umdrehte, spielten sie die Desinteressierten. Dann begann sie zu laufen und kam aufgeregt zu mir. Sie versuchte zu erklären, ich schloß den Wohnwagen ab, und wir gingen zu dritt wieder hinaus; ich wollte die Verfolger zur Rede stellen. Sie waren im Moment verschwunden. Unbehelligt gingen wir weiter und unseren Weg kreuzte ein Quanto, nein, ein anderer Skyeterrier, den ein älterer Herr an der langen Leine führte, gefolgt von den jungen Leuten, die aufgeregt auf ihn einsprachen. Die Geschichte klärte sich nach einem Gespräch mit dem Herrn. Es war eine holländische Familie, mit einigen Kindern die in einem Zelt schliefen, unweit des Wohnwagens der Eltern. Plötzlich hätten sie gesehen, wie ein junges Mädchen mit ihrem Hund an der Leine zu fliehen versuchte, verfolgten sie und erst als sie ihren Vater aus seinem Wohnwagen holen wollten, bemerkten sie es, daß der eigene Hund wohlbehalten im Wohnwagen schlief.

Diese Rasse der Skyeterrier ist sehr selten, wurde auf der britischen Insel Skye zum Otterfang eingesetzt; es ist ein tapferer Terrier, eigentlich der langhaarige Verwandte vom bekannteren Scotchterrier. Wir unterhielten uns noch eine Weile, wir mußten alle lachen über diesen entstandenen Verdacht. Auch sie hatten mit dem Hund immer wieder Aufsehen und Interesse geweckt.

Ich sah wirklich diesmal den Hund doppelt, und unser Abendbrot wurde zum Nachtmahl.

Ich sehe wohl doppelt
2017

Man stelle sich mal vor, was für ein Gesicht man machen würde, wohne man im 20. Stock eines Hochhauses, man käme in seine Küche und jemand würde von außen zum Fenster hineinschauen.

Ich war kurz vorher von der Mas im Gebirge hinunter ans Meer in ein Haus gezogen, es hatte mehr als ein Jahr leer gestanden. Zwei Tage nach dem Einzug, als ich morgens meine Haustür aufschloß , standen zwei ausgemergelte schwarze Kater mit häßlichen Wunden im Fell vor der überdachten Tür, schauten mich an, als erwarteten sie eine Fütterung, die ihnen zustand. Hatte ihnen ihr Instinkt verraten, endlich ist wieder das Haus bewohnt? So begann eine tägliche Fütterung, die ich nie gewollt hatte. Vom Tierarzt besorgte Antibiotika, ins Futter gemischt, ließ allmählich die Entzündungen abklingen, und nach einigen Jahren waren diese Kostgänger wohl, wie von der Natur vorgesehen, zurückgezogen gestorben.

Schon damals stand abseits immer eine kleine schwarzweiß geflecke Katze in Erwartung, auch an das Futter zu kommen, zu ängstlich, um sich mit den zwei Katern anzulegen. Als ich ihr eines Tages, als wolle ich einem Menschen erklären, wo der Kücheneingang vom Haus war, mit ausholender Geste andeutete, wohin sie gehen sollte, um dem Dilemma mit den Katern zu entgehen, schien sie verstanden zu haben und stand plötzlich am Kücheneingang. Da bekam sie von nun an ihr Schälchen mit Futter hingestellt. Dann gab es einen Regentag, ich wollte vermeiden, daß das Futter naß würde, öffnete die Küchentür und stellte das Futter in die Küche. Die Regentage hörten auf und wie selbstverständlich nahm die Katze die Küche als Speisezimmer in Beschlag, dann nach und nach das ganze Haus.

Das wäre die Taktik der Katzen hörte ich, die als Hundefreund nie eine Katze im Haus hatte. Inzwischen ist in den letzten Jahren die Katze die Hausbesitzerin mit mir als Personal geworden. Mieze ignoriert die staatlich angeordnete Zeitumstellung von Sommer- zur Winterzeit, sie hat ihren Rhythmus, und ich habe mich ihrem angepaßt.

Inzwischen sind wir beide älter geworden, sie und auch ich haben Schwierigkeiten mit den Hinterpfoten, sie vor allem beim Hochspringen auf die Mauer, um von der Terrasse auf die Straße zu einem Spaziergang zu kommen.

Es war ein frühlingshafter, sonniger Tag, sie hatte ihre Wanderung hinter sich, gefressen und sich auf einen ihrer Lieblingsplätze zum Nickerchen zurückgezogen. Ich kramte im Haus herum, in der eingebauten Küche, die Möbel waren entlang der Außenmauer angeordnet, Herd, Arbeitsplatte, dann vor dem Küchenfenster das Küchenwaschbecken, daneben Arbeitsplatte und darauf mein geliebter kleiner Tischbackofen. Ich trat voller Tatendrang auf das Fenster zu, jetzt kam der dämliche Gesichtsausdruck der anfangs erwähnten Situation zum tragen,. Durch die Fensterscheibe starrte mich meine Mieze an. Ohne zu denken, in Panik riß ich die Fensterflügel auf und griff mit ausgestreckten Armen nach meiner Katze. Schnell belehrte diese mich, daß ich ihr nichts zu sagen hätte. Mit ausholenden Vorderbeinen und ausgefahrenen Krallen schlug sie zu, meine Handrücken waren sofort rot vom Blut gefärbt und die Katze rückwärts im Nichts verschwunden.

Jetzt begann ich erst zu denken, es konnte gar nicht meine Katze sein, hatte ich sie doch eben noch schlafen gesehen. Zu spät. Ich hatte die jüngere Doppelgängerin gesehen. Ich sah sie manches Mal auf der Straße, die Ähnlichkeit war frappierend. Ich hatte zu spontan reagiert. Die Nachwehen waren erheblich. Tetanusspritze, störende Verbände über Tage und bleibende Narben an den Händen.

Ich hatte also wieder einmal doppelt gesehen. ...

BLANCO

Golden Retriever
Dezember 1988

Blanco war mein Hund aus dem Tierheim in Perpignan. Er war zusammen mit 15 sehr aggressiven Schäferhunden in einem kleinen Hof eingesperrt und stach farblich mit seinem weißen Fell stark von den anderen Hunden ab. Er wurde von den anderen Hunden dauernd angegriffen und flüchtete in seiner Verzweiflung mit Schwung auf das Wellblechdach des Unterstandes gegen die heiße Sonne. So hoch konnten die anderen Hunde nicht springen und so war er zwar vor den anderen Hunden sicher, aber er saß den ganzen Tag in der Schräglage des Daches in der prallen Sonne, konnte weder trinken noch erreichte er den Freßnapf. Es wurde ihm schließlich ein Napf mit Wasser und etwas Fleisch auf das Dach gestellt, aber die Schäferhunde rochen das Fleisch und versuchten immer wieder auf das Dach zu springen. Sie kamen zwar nicht hoch, aber Blanco hatte keine Ruhe zum Fressen. Er magerte ab, und sein schönes Fell fiel aus, so verringerte sich seine Chance, von jemandem mit nach Hause genommen zu werden. Die Meute im Hof ließ keinen der Pfleger hinein, so mußte ihnen das Fressen unter dem Zaun durchgeschoben werden. Dieses Loch versuchten die Hunde sofort mit ihren Pfoten und Zähnen zu vergrößern, obwohl diese Stelle sofort verstärkt wurde. Den Schäferhunden fehlten zum Teil die Vorderzähne, meist von ihrem früheren Besitzer ausgeschlagen, oder wenn sie in einem Zwinger ihr kümmerliches Dasein verbringen mußten, dann hatten sie sich die Zähne beim Beißen und Zerren an ihrem Käfig ausgebrochen. Wenn wirklich ein Interessent kam, der einen scharfen Wachhund brauchte und der Wärter vom Tierheim einen aus der Meute herausholen mußte, so wurde dieser mit einer Drahtschlinge, die an einem langen Stock befestigt war, eingefangen und tobend vor Angst und halb erstickt zur Tür gezogen. Diesen Augenblick nutzten die anderen Hunde, sich in ihren wehrlosen Kumpel zu verbeißen und es dauerte mehr als eine Stunde, bis dieses Drama beendet war. Ob dann diesen gewählten Hund als Wachhund ein besseres Leben erwartete, mag man bezweifeln. Dem Tierheim war von seinem Stifter untersagt worden, eines der Tiere einzuschläfern, obwohl es für einige total verhaltensgestörte Tiere sicher das Beste gewesen wäre. Einige der kleineren Hunde, die zum Teil zu fünft in einer Box saßen und jeden Besucher sichtbar anflehten "Nimm mich doch bitte mit," waren schon dreimal vermittelt worden, sie wurden aber aus verschiedenen Gründen wieder zurückgebracht. Zwei kleine Windspiele saßen eng aneinandergepreßt in der hintersten Ecke der Box, es waren Geschwister, die nun nach langem, gemeinsamen Warten auch nicht mehr getrennt abzugeben waren. Sie hätten nach ihrer Geburt einen Besitzer gefunden, offensichtlich hatten die beiden Hunde kein Zutrauen zu ihm gefunden und waren immer unter die Betten geflohen. Als der Besitzer die Hunde im Tierheim abgab, sagte er, sie wären nur mit einem Besen unter dem Bett hervorzuholen gewesen. Wer hat die Liebe zu den armen zwei Tieren und die Geduld und vor allem das Verständnis für diese zerstörten Seelen. Ihnen bleibt bis zum Lebensende nur die Ecke in der Box.

Viele dieser kleineren Hunde sind Angstbeißer geworden, weil sie „zur Erziehung" immer geschlagen wurden. Dies alles erfuhren wir bei unserem ersten Rundgang. Die Sekretärin meinte, aus Erfahrung sei es besser, die Wahrheit über die Tiere zu erzählen. Jeder sollte sich im Klaren sein, was ihn eventuell erwartet. Zu oft wurden Hunde nach einigen Tagen zurückgebracht. Das Tier hatte in dem Fall gar keine Gelegenheit gehabt, sich an seine neue Umgebung zu gewöhnen, die neuen Besitzer waren aber auch gar nicht willens, ihm Zeit zu lassen.

Das Tierheim hatte an Sonntagen nicht geöffnet, obwohl doch nur an Sonntagen Familien gemeinsam ihre Entscheidung über ihr neues Familienmitglied treffen können. Durch den Drahtzaun konnte ich einen Teil der Anlage sehen. Bei dieser Gelegenheit sah ich auch den weißen Hund traurig auf dem Wellblechdach sitzen. Er bemerkte uns auch, und die Meute unten im Auslauf bellte ganz wild durcheinander. Der weiße Hund richtete sich auf und bewegte ein wenig seinen Schwanz, als wollte er auf sich aufmerksam machen, inmitten der tobenden Hunde. Die wütenden Schäferhunde waren alle an dem Zaun hoch gesprungen und kratzten am Maschendraht. Ein vorbeigehender Herr klärte uns über die Öffnungszeiten auf und wir beschlossen, am anderen Tag wiederzukommen. Tags darauf hatte ich das Gefühl, daß der weiße Hund schon auf uns gewartet hatte. Kaum daß wir aus dem Auto, sichtbar für den Hund, ausgestiegen waren, setzte er sich erwartungsvoll ganz an den Rand des Daches und wedelte mit seinem Schwanz, diesmal lebhafter. Er beobachtete uns, bis wir im Büro verschwanden. Wir wollten uns eigentlich nach einem kleineren Hund umsehen, einem mit kurzem, pflegeleichten Fell. Wir sollten uns schon mal alleine auf den Weg zwischen den vielen Boxen machen, sicher würden wir bald einen finden, der unser Herz anspricht.

Der Gang zwischen den vielen einen erwartungsvoll an-
bellenden Hunden war verstörend. So viele Hunde, die oft
schon lange Zeit, immer wieder bei Besuchen Hoffnung ge-
schöpft hatten, würde man ein weiteres Mal zurücklassen
müssen, das Herz wurde mir schwer. Unschlüssig gingen wir
langsam zum Büro zurück. Der weiße Hund war aufgestanden, stand am Rande des Daches und trippelte unruhig auf
der Stelle. Die Dame im Büro empfing uns mit den Worten:
„Falls Sie sich noch nicht für einen Hund entschieden haben
- ein großer weißer Hund hat sich aber schon für S i e entschieden. Er hat hier den Namen "Neige" bekommen. Wir
wissen nichts über sein Schicksal. Er wurde morgens kurz
angebunden am Tor des Tierheims gefunden, ohne jeden
Hinweis auf das Alter oder wie er heißt." Längst hatten wir
innerlich beschlossen, den Weißen zu nehmen. Wir nannten
ihn Blanco.

Es war Liebe auf den ersten Blick. Wir hatten darüber bei
der ersten Begegnung mit dem Hund nicht gemeinsam darüber gesprochen, hatten uns die anderen Hunde in ihren
Käfigen ja noch angeschaut. Innerlich, das gaben wir später
beide zu, hatten wir schon am ersten Tag unsere Wahl getroffen. Nach den Formalitäten im Büro und nach Bezahlung
einer geringen Gebühr begann das Drama des Einfangens.
Zuerst mußte man Blanco vom Wellblechdach herunterho-
len, aber unten wartete die Meute. Nach längerer Beratung
beschlossen die Männer, die sich um die Hunde kümmerten, den Hund vom Dach gleich außerhalb des Zwingers, in
eine Decke gewickelt, herabzulassen. Es war bekannt, daß
er nicht aggressiv war und sich vermutlich in seiner Angst,
ohne großen Widerstand wird anfassen lassen. So kam es
dann auch. Während die Meute im Zwinger wie wahnsin-

nig tobte und bellte, wurde ein zitternder Blanco von zwei Männern wie ein Sack zu Boden gelassen. Wir hatten von einem unserer früheren Hunde ein Halsband mitgebracht, natürlich auch eine stabile Leine. Das Halsband ließ er sich mühelos umlegen und als mein Mann ihn angeleint hatte, zog er mit aller Kraft zum Eingangstor und konnte es kaum erwarten, das die Tür von unserem Auto geöffnet wurde. Sofort sprang er auf die Rückbank, legte sich auf die Seite und schlief ein. Er schien total zufrieden und reagierte auch nicht als der Wagen losfuhr. Erst als wir nach einer Stunde Fahrt vor unserem Haus hielten, setzte er sich erwartungsvoll auf. Schwanzwedelnd sprang er aus dem Auto und ging mit uns ohne zu zögern in das Haus.

Nun hatten wir einen Hund im Haus. Er ging durch alle Räume, schnupperte hier und da, ging wieder in das eben verlassene Zimmer zurück, als wollte er sich noch einmal des gefundenen Geruches vergewissern. Wir beobachteten ihn auf seinem Erkundungsgang.

Später saßen wir am Küchentisch, er kam aus einem der angrenzenden Zimmer und legte sich neben uns auf den Fußboden. Eine für ihn vorgesehene Wolldecke legte ich neben ihn. Nach einer Weile des Beschnupperns legte er eine Pfote auf die Decke und schaute uns an, als wollte er uns zeigen, daß er verstanden hatte, daß diese Decke für ihn gedacht war. Natürlich hatte er gleich bei seiner Ankunft reichlich getrunken, schnupperte an seinem gefüllten Freßnapf, aber fraß nicht gleich. Ein weiterer Rundgang durch die Wohnung schloß sich an, und dann sahen wir ihn eine Weile nicht mehr, hatten auch gar nicht bemerkt, in welche Richtung er gegangen war. Die Tür nach draußen stand auf, vielleicht inspizierte er nun den Garten? Wir fanden ihn in meinem

Schlafzimmer neben dem Bett. Er hatte sich zusammenge-
rollt und schlief. Also hatte er sich seinen Schlafplatz selbst
gewählt. Später legte ich auf diese Stelle seine Decke und
er zog sich abends manchmal dorthin zurück, während wir
noch in der Küche saßen und diskutierten. So problemlos
fügte er sich in unser Leben ein. Blanco hatte sein Zuhause
gefunden.

Blanco

1994 mußte ich ihn einschläfern lassen. Sein genaues Alter
kannten wir nicht. Der Tierarzt schätzte ihn auf 12 Jahre.
Man hatte ihn offensichtlich für die Jagd abzurichten versucht. Bei einer Röntgenaufnahme sah man eine Menge
Schrotkugeln im Körper, manche Jäger würden bei der Ausbildung beim Ungehorsam ihren Hund so bestrafen. Der
Tierarzt erzählte von in früheren Zeiten im Süden und Spa-
nien grausamen Erziehungsmethoden. Die Meute hatte bei
der Treibjagd tapfer zu sein. Wurde einer der zahlreichen
Hunde bei der Schießerei schwer getroffen, wurde „dem
feigen Hund" oft der Fangschuß verweigert. ...

Gemeuchel im Hühnerstall

Wir wohnten erst ein paar Wochen in dem alten Haus, als ein älteres Ehepaar an unserer Küchentür klopfte, sich als Nachbarn vorstellten und nach Austausch einiger Höflichkeiten bald mit ihrem Anliegen kamen. Ob sie uns wöchentlich frische Eier bringen dürften, auch ab und zu einige Enteneier, wir würden doch sicherlich regelmäßig welche in der Küche brauchen. Es war schnell abgemacht, pro Woche 10 Eier; es erwies sich aber bald, daß dies zuviel war.

Sie hatten ihr Haus an der Nordseite des Kapellenberges gebaut. Nach verheerenden Bränden vor mehr als 100 Jahren blieb dieser einst bewachsene Berg schroff und fast baumlos, einige widerstandsfähige Büsche trotzten durch die regenarme Zeit. Der eiskalte, sturmstarke Wind dieser Gegend ließ auch dem Moos oder Gras kaum Zeit, diesen felsigen Berg zu bewachsen. Weil sie tierlieb waren, legten sie sich eine kleine Herde von Ziegen zu, die in der „freien Natur" ihr Futter suchte. Natürlich beaufsichtigte niemand diese Tiere, die Grenzen der Eigentümer lagen oft kilometerweit auseinander, die Ziegen waren die Könige im Gelände. Der Besitzer wollte keinen Profit von ihnen, weder molk er sie noch waren sie kastriert, die Herde wurde immer größer. So nach und nach hörte man von Beschwerden.

Am Eierliefertag der nächsten Woche wartete ich vergeblich auf die nette Frau und ihre Neuigkeiten, die sie immer gratis mitlieferte. Alle Klatschgeschichten hatte sie auf Lager. Keine Themen, die auf einer Seite des lokalen Blattes gelandet wären, man war aber für diese abgelegenen Verhältnisse „auf dem Laufenden." Einige Tage später kam sie mit der traurigen Nachricht, die alles entschuldigte: Ein Fuchs hatte sich nachts unter der Holzwand des Hühnerstalls ein Loch gegraben und hatte allen sieben Hühnern den Garaus gemacht, vier waren tot gebissen und die anderen drei waren so stark verletzt, daß sie geschlachtet werden mußten. Der stolze Hahn dieser Schar war ganz geschwächt, unter einem Gestänge verkrochen, gefunden worden. Offensichtlich hatte er dem Gemetzel durch dauerndes Hochfliegen entgehen können. Er hätte sich noch nicht erholt und war nun als „Witwer" ganz verstört. Diese Szene erinnerte mich an die der Witwe Bolte, und auch hier flossen bei der Schilderung Tränen. Es tat uns wirklich sehr leid, war nun aber nicht zu ändern.

Mein Alltag ging weiter, immer wieder beschäftigte mich der vereinsamte Hahn. Ein Entschluß wurde gefaßt, der Hahn bekommt von mir eine Trostfrau. Ein in der Nähe (2 km) wohnender junger Mann, der in meinem Haus für die Behebung technischer Probleme zuständig war, fuhr in meinem Auftrag in die nächste Kreisstadt, um auf dem Markt eine schöne Henne zu kaufen. Auf die Frage des Händlers, ob er sie schlachten sollte, wehrte Pierre ab. Verpackt in einem Pappkarton, der mit dem Namen MARGARETE beschriftet wurde, brachte er die Gabe zu den Nachbarn, diese zeigten Freude und bedankten sich.

Einige Wochen später traf ich die Nachbarn auf dem Waldweg. Auf meine Frage, wie sich die Henne mit dem Hahn verträgt, drucksten sie herum. Es stellte sich heraus, die Henne hatte deformierte Krallen, sie war nur zum Schlachten vorgesehen. Sie hatte ihr Leben in einem Stall mit Metallgitterboden verbracht, der den Hühnerkot einfach entsorgen läßt und konnte nicht auf glattem Gelände ihre Krallen spreizen. Die Nachbarn hatten sie schlachten müssen.

Wieder schlauer geworden, aber nicht zufrieden mit dem Ergebnis der Hilfe für den Hahn. Es setzte sich in meinem Kopf fest, ich suchte brauchbare Möglichkeiten, es blieb eigentlich nur ein neuer Anlauf mit einem Huhn durchdacht und kontrolliert. Auf einem größeren Markt der Umgebung wurden von mir jetzt einige Hühner hochgehoben, der Körper abgetastet, der Bauer war beeindruckt von der Sorgfalt der Auswahl. Über den Lebenslauf befragt, versicherte er hoch und heilig, das Huhn wäre ein echtes „Sandkratzerle", blicke auf ein schönes, freies Hühnerleben zurück. Dann kam das Übliche, er verkaufe es ungern, aber es würden zu viele. ... Schon stand der Karton für den Transport bereit, Pierre malte kunstvoll den Namen MARGARETE 2 darauf, und diesmal brachten wir die Henne zu zweit hinauf zu ihrer neuen Heimat. Vor aller Augen wurde die Henne aus dem Karton gehoben und vor dem Haus in den Sand gesetzt. Sie begann mit dem Scharren im Sand als ob sie der Beginn ihres neuen Lebens gar nicht interessierte. Der Hahn war wohl hinter dem Haus. Wir leerten die Gläser mit dem angebotenen Schnaps auf das Wohl der Henne und Pierre verstieg sich zu der Annahme, der Hahn würde auf Gockelsichtweise beim Anblick der Henne denken: Donnerwetter, hat das Mädel aber Waden. ... Unter Lachen zogen wir gut gelaunt ab.

Wochen vergingen, ich spazierte mit dem Hund und auf dem gleichen Weg kam mir das Ehepaar mit einem kleinen Esel an der Leine entgegen. Ich sah schon an ihrem Verhalten, sie hätten sich am liebsten in die Büsche geschlagen. Es gab kein Ausweichen. Der Esel war der Mittelpunkt des Gesprächs, sie hatten ihn so lieb gefunden und spontan auf dem Markt gekauft, nun zeigen sie ihm sein neues Umfeld. Von einer schweren Verletzung einer Ziege erzählten sie und daß bei dieser Gelegenheit auch der Tierarzt da war, der auch den Esel geimpft hatte. Zögerten sie das Thema Huhn hinaus? Ja, ich wollte einen grimmigen Scherz machen und fragte, ob dieses Huhn auch geschmeckt hätte - ha, ha ?

Es wäre ihnen nichts anderes übrig geblieben. Aus unerklärlichem Grund hätte das Huhn tagelang unter einem verrosteten Auto gesessen, trotz verlockender Körner wäre es nicht zu bewegen gewesen hervorzukommen. Erst der Tierarzt hatte sie aufgeklärt. Ein Hahn braucht eine Hühnerschar von mindestens 7 bis 8 Hühnern. Er hat den Trieb, sie immer zu bespringen zum Erhalt seiner Familie, so ist das von der Natur vorgesehen. Bei dem einzigen Huhn, das er hatte, war dieses total überfordert und schließlich nur geflüchtet.

Wenn man mit einem Geschenk, ohne vorherige Information, jemandem eine Freude machen will, macht man weder den Tieren noch den Menschen Freude.

Sollte dieses Beispiel auch den Männerträumen von der Vielweiberei zu denken geben. ...